骨の記憶

七三一殺人事件

虚妄の栄光とウイルス兵器

福原加壽子
fukuhara kazuko

言視舎

目次

※本書は事実にインスパイアされたフィクションです。実在する人物、団体名とは関係ありません。
なお「看護師」「認知症」などの用語は当時のものを使用しています。

プロローグ

四月中旬のよく晴れた日の早朝六時。

男は日課のジョギングコースにしている隅田川沿いの遊歩道を、いつものペースで走っていた。もう少し下流に行くと晴海運河と合流する手前の大川端に出る。

少し前まで川岸の桜が満開で、散歩がてら花を愛でる人の姿も多く見られたが、今は桜の花も終わり、いつもの静けさを取り戻していた。一週間ほどで潔く姿を消す桜の花は、日本人の最も好む花と言ってもいいだろう。

ルーティーン通りコース半ばで一息つこうと、川べりにテラスのように張りだした小公園に足を止め、川面に視線を向けた。と、周囲に巡らされた柵の少し先の水面にネズミ色の物体が浮いているのが見えた。

（何かな）

はじめに浮かんだ考えは、ゴミの不法投棄。

さらに近づくとそれはもっと柔らかそうに見えた。

（濡れ鼠）

次に男の頭に浮かんだイメージ。

印象としては、大型の齧歯類であるカピバラが背中を見せて浮いているという感じ。

（人？）

その物体のある場所の極間近《ごく》に達すると、男は手すりから身を乗り出すようにして水面を覗き込み、それがなんであるかを確認した。

「ぎゃっ」

男は思わず後ずさりしながら奇妙な音を聞いた。

それは、自分の口を衝いて出た初めての音声だった。

男が第一発見者となったもの。それはスーツを着た男の水死体——正確には何らかの原因で死に至った人間の水に浸かった遺体——だった。

1　紘一の戦後

昭和二十年。

戦後の街には浮浪児が溢れた。

出征した父親が戦死して家族の生活がたちゆかなくなったり、空襲で家族と生き別れや死に別れになったりしたために、生活の糧と塒《ねぐら》を失った子供達は、中心となる年嵩《としかさ》の少年を頭《かしら》に小さな集団を作り、さらに彼らを束ねる大人のもとで、靴磨きなどの正業の他、置き引き、かっぱらい、コソ泥などで命を繋ぐものが多かった。

進駐軍（ＧＨＱ）は日本政府に働きかけて、上野駅構内や上野恩賜公園など、都内の浮浪児達のたまり場で、たびたびかれらの収容を行なわせ、それは浮浪児狩りと称された。

終戦後、戦争により孤児となったそんな子供達の一部や、進駐軍のＧＩと、パンパンと呼ばれたストリートガールやオンリーと言われた現地妻との間に生まれた子供達、ＧＩ達のレイプの結果生まれた混血児達を引き取り、面倒を見た奇特な金持ちがいた。その孤児たちを収容した施設はクイーンズ・サンライズ・ホームといった。施設運営のバックにはＧＨＱの下部組織が関係しているようだった。

戦災孤児となった十二歳の柏原紘一も、戦後、上野駅界隈を根城とする浮浪児として生活し、浮浪児狩りで動物の檻のような施設に収容された後、クイーンズ・サンライズ・ホームに引き取られた一人だった。

十分な食料と安全な寝床。教育の機会まで与えられた。孤児たちの多くは施設での生活に馴染んでいったが、紘一は施設にも、施設を運営する組織にも、決して心を許さなかった。なぜなら、紘一が本来持っていたはずの食べる物、着る物、住むところ、そして家族までをも、戦争という化け物が奪ったからだ。戦争を起こした日本という国、家や家族を直接焼き尽くしたアメリカも、とうてい受け入れられなかった。

十四歳になった時、紘一は隙を見てホームを抜け出した。

*

ホームを抜け出してしばらく街を彷徨い、その間、闇市でのかっぱらいや置き引き、留守宅へ忍び込んでの盗み食いなどをして食いつないだが、とうとう道端の屋台で食い逃げしようとしたところを捕まり、数人の大人たちに袋叩きにされた。顔は誰か判別がつかなくなるほど紫に腫れあがり、腹や背中も何度も何度も蹴られて、やっと解放された時には、黄色い水も出なくなるほど吐き倒した。よろよろと立ち上がり、鉛のように重い体を引きずり、たまたま戸の空いていた一軒の建物に転がり込んだ。そこは何かの工場のようで、最後の力を振り絞って、物陰にしゃがみ込むと紘一は力尽き、意識が遠のいてその場に蹲《うずくま》ってしまった。


どれくらいそうしていただろう、肩を叩かれて目を開けると、目の前に五十がらみの男が紘一の前に屈みこんで顔を覗き込むようにしていた。

「坊主、どうした。腹が減ってるのか？　家はどこだ？」

男は河本文三といい、小さな町工場《まちこうば》の印刷所を営んでおり、長男は特攻で戦死、次男を空襲で亡くしていた。

「家はないのか？　まあいい、立てるか？　一緒に来い」

文三は紘一を工場《こうば》の裏手にある妻と二人暮らしのバラックに連れて行き、妻に声をかけた。

「おい、なんか食わしてやれ」

文三の妻は幸恵といい、昼間は文三の印刷所を手伝い、従業員たちの面倒もみていた。

「まあまあ、どうしたんだい？　怪我してるじゃないか。大丈夫かい？　食べられるかい？　男爵でも蒸かしますかね」

幸恵はそう言うと台所へ立ち、洗濯した手ぬぐいと水を持ってきて紘一の前に置いた。二十分ほどして皿に蒸かしたジャガイモ三個と漬かりすぎた沢庵を数切れ載せて戻ってきた。

「お食べ。のどに詰めないようにね」

紘一は一瞬迷った後、空腹には勝てず、熱々のジャガイモを手で掴むと貪り食べた。中が切れた口にはひどくしみたが、沢庵の塩気が蒸かしたジャガイモをこの上ない御馳走に変えた。腹が満ちてくると今度は両の目から涙がジワーっと溢れてきて、とうとう頬を伝った。

「泣くほど美味いか？　そうか、もっと食え」

文三も幸恵も顔が綻んでいた。何も語らずとも、紘一の身に起こったことは想像がついているようだった。そんなことは日常茶飯事だった。そんな時代だったのだ。

「坊主、名前は？」

「紘一」

「紘一、住むところがないんだったら、ここに住まないか？　その代わりもちろん働いてもらうぞ。明日から早速だ。誰よりも早く工場に出て、まず掃除をするんだ。字は読めるか？　うちは印刷の町工場だ、先輩の職工さんに教えてもらって植字を覚えろ。寝るところはそこの隅っこだ。いいな？」

ことばはそっけないがその表情は慈愛に満ちていた。

「返事は？」

紘一は何度も何度も頷いた。

それから七年。紘一は職工として先輩を超えるほどに習熟していた。働きながら夜間中学に三年、夜間高校に四年通った。普通の就学年齢からすると年嵩だったが、そんな人間は同じ夜学には何人もいた。

幸恵が仕事終わりの紘一に弁当を持たせて通わせてくれた。亡くした息子たちの面影を重ねるのか、文三もまた仕事にも通学にも便宜を図ってくれた。高校に通うころには、昭和二十五年に始まった朝鮮戦争の軍需景気のせいで、出版業界も活況を呈していた。河本印刷も印刷機を二台買い増すほど景気がよかった。紘一が学校へ行けたのは、この景気のせいもあったかもしれない。

その後も真面目に通いとおした紘一は、七年の間に高校過程の終了証書と大学受験資格を得た。全日制の大学への入学は時間的にも経済的にも到底無理だったが、文三の好意で大学の二部に通うことになった。

「これからは学歴がなくっちゃだめだ。紘一がこんな苦労をしなきゃなんねえのは、みんな戦争を始めたお上のせいだ。お前はなんにも気兼ねすることたあねえんだぞ」

それが文三の口癖だった。学費は割賦にして月々の給料から天引きしてくれた。建て替えられた文三の住宅には紘一の部屋さえあった。食費も形ばかり天引きされるだけだった。

河本印刷には紘一に植字を教え、印刷工として鍛えてくれた林という、紘一より八歳ほど年上の職工がいた。無口で仕事のできる男だったが、文三が紘一に格別目をかけることについては腹に一物ありそうにみえた。

いつごろからか、昼の休憩が終わって午後の仕事を始めようとすると、午前中かかって植字したものがきれいに消えていることが度々起こるようになった。一度目は自分の記憶違いかと思った。二度目に他人が意図的にやったものだと悟った。

ある日、仕事終いの片付けをしてから戸締りをして紘一が工場を出た時、数人の職工たちが紘一を待ち構えていた。

「おい、あんまりいい気になるなよ。社長とはなんの縁もゆかりもないそうじゃないか。なんでおまえばっかり特別扱いなんだ？」

紘一が答えられずにいると、そのうちの一人からいきなり拳が飛んできた。紘一はのけぞってそのまま仰向けに倒れた。それをきっかけに職工たちはいっせいに四方から紘一に蹴りを入れた。腹や背、腰や脚、いたるところから足が蹴り込まれた。

同じ職工なのに、紘一だけが社長宅に住み込みで、夜間とはいえ中学、高校と通わせてもらい、しかも今度は大学の二部にまで行かせてもらうという。面白いわけがない。

紘一はじっと耐えた。

「こら！　何してる」

その声に職工たちは驚いて紘一を蹴ることをやめ、声のしたほうを向いた。そこには林が険しい顔をして立っていた。

「そんなことをしてる暇があったら、もっと腕を磨け。親父さんに目をかけてもらえるくらいがんばってみろ。紘一は朝一番にきてみんなが気持ちよく作業できるように掃除や準備をしてるのを知ってるだろう？　夜だって、学校が終わってからまた工場にきて、後始末をして最後に工場を出てるんだぞ。学校へ行きたかったら親父さんに相談すればいい。お前らに紘一のまねができるのか？　逆恨みもたいがいにしろ」

そう言われて職工たちは何も言えず行ってしまった。

「紘一、大丈夫か？　なんともないか？」

林は手を差し伸べて紘一を引き起こした。

「大丈夫です」

「そうか」

歩き出す紘一を林は見送った。

紘一は、これまでの嫌がらせはてっきり林がやっていると思っていた。だが違った。林は紘一の仕事ぶりや生活ぶりをずっと見ていてくれた。そして、気にかけてくれていたのだ。だからこそ、同僚達の不穏な動きを察知して、今夜のような時に駆けつけてくれた。林のことを誤解していた自分を恥じた。

林が職工たちに釘をさしてくれたおかげで、その後職場での嫌がらせはなくなった。

河本印刷所では、月刊誌や専門誌の下請けの印刷をしていた。

工場《こうば》で植字の仕事をして、出来上がったゲラ刷りのチェックをしていると、紘一は必然的に世の中の多くの情報に触れることになった。嫌でも、理不尽に思えることや世の中の暗い面に触れることが多かった。過去に起きた大事件の考察記事などにも触れる機会があり、さまざまな知識も増えた。どうせ活字に関わるなら、書く仕事がしたい、そう思うようになっていった。

六年かかって大学を卒業した紘一は、出版社への就職を希望したが、両親や正式な身元引受人のいない紘一には無理な相談だった。とりあえずは今まで通り河本印刷で仕事をしながら、自分で興味のあることを調べて記事のまねごとを書いてみようと思った。

仕事の休みの日を利用して図書館に通い、古い新聞を閲覧したり、東京近郊であれば、その事件の実際の現場を訪ねてみたりして一つの草稿を書き上げた。戦後の黒い霧と言われた事件の一つ下山事件についてだった。

草稿が出来上がってみると、今度は世に問うてみたくなった。

少し親しくしていた月刊誌の宗像という記者がゲラのチェックに来た時に、紘一は草稿を見せてみた。

「これ、記事になんないかな」

「どれ、見せてみな」

草稿を読み終わった宗像は気乗りがしない感じで言った。

「どうかな。編集長の意見を訊いてみないとわかんないな」

「だめか？　見てもらうだけ、見てもらえないかな」

困ったように宗像が言う。

「仕方ないなあ。まあ、預かっとくわ。あんまり期待するなよ」

「うん。そうだよな。素人だもんな」


ところがその二週間後、宗像の出版社が出している別の雑誌に、紘一の書いた草稿が宗像の署名入り記事として掲載されていた。宗像による紘一の記事の盗用だった。

記事を目にした紘一は宗像を呼び出した。

「どういうことだ？　あれは俺が書いたものだろう。なんでお前の署名記事になって雑誌に載ってるんだよ」

「悪かったな。あれは絶対没だと思ったんだけど、試しに編集長にみせたら、なんか気に入ったみたいでな。それに他のネタがぱっとしなくて、よし、これで行こうって、バタバタと話が進んで、記事を書くのは社員じゃないとだめだ、持ってきたお前が書けってことになって、あんなことになったんだ。悪かったな」

宗像は悪びれもせずにしゃあしゃあと言ってのけた。

「悪かったなって、それで終いか？　冗談じゃない。あれを書き上げるのにどんだけ苦労したと思ってるんだ」

「だから、悪かったたって言ってるだろ」

　宗像は顔を歪めて言い放った。

「何だ、その言い方は」

「いいのか、そんな言い方して。印刷工場なんていくらでもあるんだ。河本印刷なんてしょぼい印刷所なんか、すぐに契約を切ることができる。いいのか？　親父さんに世話になってんじゃねえのかよ」

　紘一は悔しかったが、記事は社員でないと書けないと言われれば何も言えなかった。本当かどうかはわからない。しかも河本印刷の契約云々と言われては、紘一にはなすすべがなかった。

「ま、今度な。また今度何か書いたら、次は載せてやるよ。じゃな」

　宗像は捨て台詞を残して行ってしまった。


　紘一はしかし諦めなかった。戦後の闇で気になっていたもう一つの事件があった。

　帝銀事件。発生当時世間の耳目を集め、日常を恐怖に陥れた事件としては比類のないこの事件も、さまざまな物証や生き残った被害者により確かな目撃証言があったにもかかわらず、未解決のままの事件だった。下山事件もそうだが、捜査が大詰めになるとまるで捜査妨害でもあったかのように迷宮入りしてしまう。当時の記事や記録をあたっていると、どちらもGHQの下部組織である情報機関の関与が疑われた。

調査を進めると、紘一には帝銀事件の実行犯には、当時もその可能性を指摘されていたように、元七三一部隊員が深く関わっていると思われて仕方がなかった。

GHQの指示を匂わせ、東京都防疫班の腕章をつけて厚生省技官の名刺を出した男に、行員や銀行の用務員家族十六人が青酸化合物を摂取させられ、十二人が死亡した。他の類似事件やそこでも使われた名刺などの捜査により、容疑者が軍関係者、とりわけ元七三一部隊員に絞られてくると、GHQから捜査中止が申し渡されている。これは何を意味するのだろうか。

七三一部隊についても当然、紘一は詳しく調べた。

毒物の手慣れた扱い、人を人とも思わない残酷な手法。ちらつくGHQの影。日本人など、黄色い猿くらいにしか思っていないアメリカ人による薬物（化学）兵器の人体実験ではないのか？　まるで七三一部隊の生体実験と同じじゃないか。

終戦当時、多くの戦犯が巣鴨プリズンに収容されていた。なぜかあんなに悪逆非道を尽くした元七三一部隊の幹部らは、獄に繋がれることはなかった。ソ連侵攻によって大陸で捕虜とされた一部の者だけが、ハバロフスクの軍事法廷で裁かれているだけだ。

GHQと元七三一部隊幹部の間には、何らかの取引があったのではないか？

細菌兵器や化学兵器、拷問の手段などのさまざまなデータと引き換えに、元幹部らの免責がおこなわれていたのではないか？

紘一はアメリカ側の資料も調査してみたい衝動を覚えた。

＊

昭和四十年十月。

日本は戦後を脱却し、朝鮮戦争時の戦争特需景気を経て、以後五十七カ月の長きに亘って続いていく「いざなぎ景気」の始まりの時期にあった。

この五年、七三一部隊や戦後日本の黒い霧と言われる闇に関して、国内で調べられることは調べ尽くした。厚生省や裁判記録などで開示されている資料には限界がある、というより、ほとんど役に立たない。紘一は、いつかはアメリカ公文書館で戦後日本の戦犯や、七三一部隊に関する情報を調べようと思っていた。

河本印刷の経営状態は昭和の好景気を反映するように順調だった。後継者のいない文三は、戦後十八年の間手元において家族のように暮らしていた紘一に印刷工場の仕事を任せたいと考えるようになった。

いつものように夕食後、幸恵が洗い物を下げて台所へ立った頃合いを見計らって、文三は紘一に話しかけた。

「なあ、紘一。お前、工場を継ぐ気はないか？　無理にとは言わんが、母さんがな、この頃少し、変だろ？　台所の洗い物のたらいに水を溜めっぱなしでぼーっとしてたり。それでな、病院へ連れてったんだ。そしたらな、若年性の痴呆症だとかって、脳の病気らしい。だんだん記憶が怪しくなって、終いには一人でなんにもできなくなるらしいんだ。もしな、紘一、もしも俺になにかあったら、母さんの面倒、頼めないかな」

紘一は河本夫妻を親のように思っていたから幸恵の介護をすることは当たり前だと思っていた。身寄りのない自分がこうやって生き延びられたのは、河本夫妻のおかげなのだ。ただ恩義があるからというだけではなく、子を失った親と、親を失った子が一緒に生活するうちに、お互いがかけがえのない存在となっていたのだ。

「親父さん、俺、おかみさんのことはずっと一緒にいて面倒みます。約束します。ただ、工場は職工長の林さんに任せてもらえませんか？　もちろん、できる限り手伝いはします。

でも、俺、やりたいことがあるんです。植字とゲラ刷りのチェックをしていて、やっぱり自分で書くほうに回りたいって思うんです。書きたいこともあるから。だから、親父さんの心持ちは本当にありがたいし、もったいないことだと感謝していますが、工場は林さんに譲ってあげてほしいんです」

文三には紘一の気持ちがわかっていた。長年勤めあげてくれた林の人柄も、紘一を陰日向なく庇ってくれていたことも十分承知していた文三は、幾分寂しそうに言った。

「そうか。残念だな。でも、お前の人生だからな、いいんだ。これまで通りここにいてくれるだけでありがたいや」

「そんな。俺のほうこそ、世話になりっぱなしで、それなのにありがたい話も断わるなんて我儘ばかり言って。でも、俺は親父さんとおかみさんとずっと一緒にいさせてもらえたらと思っています」

紘一は、自分の我儘を通したというより、半分は、長年勤めた先輩であり、紘一に一から植字の手ほどきをして仕事を教えてくれた林に対する遠慮もあった。後から来た紘一がトップになったのでは、林も居づらいだろう。もし、林に出ていかれることにでもなれば、河本印刷は立ちゆかなくなる、そう思ってのことだった。文三にもそのことがわかっていたのかもしれない。

翌日文三は、林に話をして了承を得た後、従業員の皆に工場は林に任せることを告げ、その日から紘一は書くこと、取材することにより多くの時間を割くようになった。


紘一は、数年かけて調べあげた事実と彼なりの考察を加え、帝銀事件の概要に迫るレポートを書き上げた。今度こそ、紘一の名前で記事として出版したい。前のようにいいように使われるのはごめんだ。

以前紘一の下山事件の草稿を盗用した宗像のいる出版社を訪ね、宗像を呼び出した。受付に降りてきた宗像は悪びれもせずに紘一のほうへ歩み寄ってきた。

「おう。今度はなんだ?」

「貴様、言ったよな。今度何か書いたら次は載せてやるよ、ってな」

「そんなこと言ったか?」

「とぼけるな!」

エントランスホールに紘一の怒号が響き渡り、宗像はびくっと体を竦《すく》め、受付の女たちや周りにいた者たちが一斉に紘一たちのほうに顔を向けた。二人に向かいかけた警備員をみとめると、宗像は手で警備員を制した。

「とにかく、今度は編集長に直接原稿を見てもらう。俺が書いた原稿としてだ。編集長の所へ連れて行ってくれ。さもなければ、前の記事も俺が書いた、と編集部全員の前で大声で言ってやる。今日持ってきた原稿を見れば、俺の言葉が嘘か本当かは編集長にはすぐにわかるはずだ」

「ちっ。わかったよ。ついてきな」

宗像は先にたって歩きだした。

「前の原稿のことは言うなよ」

「わかってるさ」

まもなく編集部につくと宗像は紘一を編集長の前に連れて行った。

「河本印刷で職工をしている柏原紘一さんです。昭和の迷宮入り事件を調べていて興味深いと思われる原稿が書けたので編集長に見てもらえないか、と。日頃世話になっている河本印刷さんの方なので、一度目を通すだけでもおねがいできないかと……」

編集長は怪訝な顔をしていたが、紘一の原稿を受け取って読み始めた。読み進むにつれて引き込まれていくようだった。読み終えると顔を上げ、紘一に向かって言った。

「面白いね。これを出版したいということだね」

「はい。できれば」

「このままではだめだが、少し手直しすると充分掲載できるものになる。どうだ、フリーランスの記者としてやってみるか？」

「はい、ぜひお願いします」

「じゃ、宗像。お前、校正の手伝いをしてやれ。前の原稿もお前の色じゃなかった。むしろこの職工さんの色だよ。ギャラの相談は経理とな。経理にもつれていってやれ」

文体やテーマから前の原稿も実際の執筆者は誰なのか、編集長にはわかったのだろう。


原稿盗用の一件の秘密保持を条件に、フリージャーナリストとして仕事をするようにはなったが、その後はなかなか採用される記事をものにすることができなかった。タブロイド紙の依頼で有名人のスキャンダルを追った暴露記事を買い取ってもらえたくらいだった。それは紘一の本意ではなく、挫折感と無力感が募る日々を送っていた。

それでも紘一は、少しずつ貯金をし、遊びもせず、仕事のない日は相変わらず図書館通いと現場通いを重ねた。本丸の七三一部隊について、いつかはアメリカに渡って公文書館で調査をするという思いは持ち続けていた。

2　新宿戸山の旧陸軍軍医学校跡地で大量の人骨

一九八九（平成元）年七月二十二日、全国紙に目を引く記事が載った。

いつかはアメリカに渡って公文書館の資料を調査するという紘一の願いは叶わないまま、二十年もの歳月が流れていた。

東京都新宿区戸山の国立予防衛生研究所建て替えに伴う建設現場から多量の人骨が発見されたというもので、この現場は旧陸軍軍医学校跡地であったところだという。

陸軍軍医学校といえば、かの悪名高き関東軍第七三一部隊の総本山のあったところではないか。

第七三一部隊は、先の大戦中に中国人をはじめ、満州人、モンゴル人、韓国人、ロシア人などの捕虜に対してさまざまな生体実験を行なったことで知られている。捕虜を「マルタ」と呼び、生きたままの「マルタ」に解剖を施すといういわゆる生体解剖のほか、実際の中国の集落を標的として細菌戦の実験をするなど、数々の非道を行なった部隊であることは公然の秘密である。

七三一部隊の悪魔的な人体実験は、さまざまな書物に詳しい。例えば、凍傷実験がある。氷点下二〇～三〇℃にもなる真冬のハルピンの夜の屋外で、マルタの両腕を肘までマイナス数度の液体に浸す。液体が凍りつく前に引き上げて今度は外気に晒す。こん棒で叩いてかわいた音がするかどうかで完全に凍ったかどうかを確かめると、さまざまな温度の温水で「戻す」。これが「最適な凍傷の治療法」を探るための実験として行なわれていた。しかも、この凍傷実験の初期は、気温が氷点下三〇～四〇℃になる冬期間しかできなかったが、後に巨大な冷凍庫を作り、その中で一年を通じて実験ができるようにしていた。

さらには、人はどの位の血液を失えばどのような症状を呈し、最終的にどれだけ血液を失えば死ぬのかなどを記録した脱血実験。ペスト菌を持つネズミやネズミにつく蚤の飼育とその蚤を用いたペスト感染。チフス、パラチフス、結核、梅毒、脾脱疽《ひだっそ》などの細菌感染実験。感染者の生きたままの解剖……。

実際の細菌戦に当たって効率的な使用方法を確立するため、近隣の中国人集落に対する水源の汚染による感染実験、細菌を仕込んだ爆弾による感染実験。細菌戦のために細菌を仕込んで投下する際の効果的な容器や爆弾の開発など、その活動は多岐にわたっていた。

狂気の沙汰であった、と一言で片づけるにはあまりにも非人道的、人類史上まれにみる蛮行の数々が知られている。

なかでも最も悪魔的だと思われるのは、「少年隊」と称せられた十五～六歳から十八歳位の少年達に対する仕打ちである。彼らは部隊内で実験動物の世話、細菌培養のための培地の製造、細菌そのものの培養、解剖の終わった死体の処理、時には生体解剖の助手までやらされていたが、作業中にチフスなどの伝染病に感染する事故が偶発すると、その隊員達もまた生きたまま解剖されたのである。手を合わせて命乞いをしながら解剖され、内臓を引き出された少年達。その模様を見ていた、という述懐が七三一部隊元隊員の証言に見られる。そうした数々の悪行の元凶が、ここ新宿区戸山にあった陸軍軍医学校なのだ。

戸山で発見された大量の人骨には、人為的につけられた傷があった。一カ所に無造作にまとめて埋められていたことから、尋常に埋葬されたものではないことは歴然としている。また、その人骨の人種は、その特徴からほとんどがアジア人——中国、韓国、モンゴル人が含まれる——であると考えられた。

七三一部隊の行なった非道は、捕虜やスパイ容疑者などに対する非人道的な細菌感染実験、感染者に対する生体解剖や凍傷実験、休みなく重荷を負わせて何時間も何日も歩かせ続ける実験などを行なったことにとどまらない。多くの実験を、無辜《むこ》の市井《しせい》の人々、女、子供に対してまでも行なったという猟奇的な事実を忘れてはならない。

日本の戦史において、七三一部隊ほど忌み嫌われ、語ることがはばかられ、世界に比肩する事例がないほどの悪逆非道を行なった部隊はなかったにもかかわらず、その関係者には全くと言っていいほど処分された者がいない。それどころか、例えば、製薬会社ミドリ十字の創始者となった内藤良一（七三一部隊長石井四郎中将の片腕であった）をはじめとして、部隊の幹部や主たる研究者であった医学者達は、帰国後、旧帝大はじめ名だたる大学の医学部の研究室に帰属した。部隊での実験結果を元に研究を続け、その研究成果により教授になり、さらに学部長や学長にまで昇進し、日本の医学界における重鎮として何食わぬ顔で人生を送った者、戦後、アメリカの軍関連や民間の細菌研究所、製薬会社、化学兵器研究所などで研究を続けた者が多数であった。

ただ、七三一部隊に「功績」がなかったわけではない。石井式濾水器などの発明、実用化で、大陸や南方の前線で戦う兵士達に飲用に適する水を十分に供給することができた。これによって前線で最大の障害となる兵士の間の伝染病の流行を抑えることができたり、伝染病ワクチンの製造により感染防御に一役買ったりなどということもあった。しかし、石井部隊の蛮行を隠蔽したり、生物兵器として利用可能なその研究成果を特定の国だけが独占し、紛争に際して兵器として使用するなどは、決して許されることではない。

石井には人たらし的なところがあった。大風呂敷を広げ、戦前から戦中にかけ、再三多大な予算を獲得し、研究者に対しては、適切な示唆を与えることができた。彼の頭の中には、資源の乏しい日本を勝利に導くためには細菌戦を制するしかない、という信念に基づく構想がしっかりあったのかもしれない。真実はもはや知り得ない。とはいえ、彼らが数々の許しがたい犯罪行為を行なったことは間違いない。

かのナチのホロコースト――アウシュビッツでの大虐殺や生体実験、刺青を施した人間の皮膚を用いたランプシェードの作成や全身の刺青の標本作成、満足な食事も与えない強制労働によるユダヤ人や捕虜虐待など――に匹敵する石井部隊の実態が、なぜ戦後の軍事法廷で裁かれなかったのか（一部の部隊員は、ソ連のハバロフスク軍事法廷では裁判にかけられ、刑の宣告も受けている）。

表向きの理由は、七三一部隊のさまざまな実験や虐殺の記録は、終戦間際の平房《ピンファン》撤退のおり、廃棄されたことになっていて、事実を証明する記録が残っていないからということになっている。生体実験などの悪行の発覚を恐れた軍が、データの焼却、工兵隊による施設の破壊、マルタの殺害や焼却または埋設などの隠蔽工作を行ない、証拠を隠滅したとされている。が、しかしその実、敗戦を察知した石井はじめ七三一部隊幹部、軍医らは事前に資料を持ち出し、それを隠匿していたのである。

そして、七三一部隊が行なったさまざまな実験データや細菌戦についてのノウハウは、アメリカ軍との取引材料として使われた。アメリカは生物兵器、毒ガスなどの人体実験を含む七三一部隊の詳細なデータを独占することによって、第二次大戦後の世界戦略を優位に進めようとしていたのだ。こうして石井や幹部らは助命、免責され、戦争犯罪の証拠たるすべての記録が闇に葬られたのである。

紘一はその事実に思い至り、当時のアメリカの記録をいよいよ当たってみる時だと思った。

紘一は念願のアメリカ公文書館に立った。

第二次世界大戦に関する資料のうち、七三一部隊についての記録の中にあった職員の名簿を見ていた紘一は、自分の記憶の奥底にあった名前に目が留まった。

遠い記憶。

紘一には明子という六歳年上の姉がいた。出来が良く、気丈な姉だった。

確か姉は、戦時中、どこか軍の施設に看護婦として働きに出ていたのではなかったか。徴用だったのかもしれない。とすると、それは陸軍軍医学校だった可能性もある。

東京大空襲のさなか、逃げ惑う紘一は母親とはぐれた。その時期、姉はしばらく勤務先から帰ることがなくなっていた。幼い紘一には、仕事が忙しいのだろう、くらいの考えしかなかったが、今から思えば、新宿の陸軍軍医学校からハルピンの七三一部隊へ転属していたのかもしれない。いずれにせよ姉の存在は紘一の意識から消えていたくらいだから、戦後の行方は知るべくもない。父は戦地にいたはずだが、戦死公報の届け先もなく、役所に問い合わせる術もなかった紘一には、父の生死も不明だった。もし生きていたとしても、焼け出され、浮浪児として暮らした紘一に、連絡の取りようもなかった。

満州は黒竜江省の首都ハルピンの近郊平房《ピンファン》に本拠地を置く、関東軍防疫給水部（通称七三一部隊）には女性軍属も数多くいた。電話交換手や事務職、賄《まかな》い、看護婦、さまざまな職種の女性が働いていた。その中に、看護婦だった紘一の姉もいたとしたら……。

東京の陸軍軍医学校の看護婦であったものが、その支部的存在であるハルピンの七三一部隊で働くことになっていたとしてもなんの不思議もない。また、軍事機密に属することだろうから、家族にも姉の赴任地や任務などに関して詳しい消息が伝えられることはなかっただろう。

では、その後の彼女はどうなったのだろう。

終戦のどさくさ、ソ連軍の侵攻を前に、満州から撤退した部隊員とともに帰京できたのだろうか。それとも脱出の際にでも落命したものか、帰国してから亡くなったのか、あるいはそのずっと以前に亡くなっていたのか、今もどこかで生きているのか、全くの不明であった。

日本にはもう身寄りがなくなったと思っていた紘一に、ふと、里心とでもいうべき感情が芽生えた。まもなく還暦を迎えようという年齢も影響したかもしれない。姉の名前を目にしたことによって、埋もれていた記憶が四十年ほどの時を経て、濃い霧が晴れるようにその茫洋とした姿を現してきたようだった。

姉は生きているのか、死んでいるのか。

失われてしまったと思っていた家族が存在するかもしれないという事実は、紘一の胸に、姉に会いたいという強い気持ちと、この世にはもういないという現実は知りたくない、という気持ちのなんとも奇妙な葛藤の感情を生んだ。

帰国後、紘一は、日本の厚生省（現厚労省）、外務省に、当時の七三一部隊員のその後に関して問い合わせてみた。案の定確答は得られず、記録がないとの回答であった。

それはそうだろう。七三一部隊は終戦間際、ソ連軍の満州侵攻を目前にして証拠隠滅をはかり、記録、標本の抹消、施設の破壊はおろか、収容されていたマルタ達を殺害し、遺体を焼却または埋設し、遁走したのだ。

前述したように、終戦後に至っては、戦争犯罪に問われるべき事実を免責とするため、秘匿したすべての記録を占領軍に渡した経緯がある。七三一部隊の医師をはじめ、主たる研究員の中には、アメリカ軍の細菌研究施設に移って生物兵器の研究を続けたり、毒ガスなどの化学兵器の研究に従事したものが少なからず存在した。

また、アメリカの研究施設へ移らないまでも、七三一部隊当時の実験データを全て廃棄せよという命令に反し、密かに持ち出し、携行して帰国した者もいた。帰国後、出征前に在籍した大学や研究施設に戻り、ハルピンでの実験結果をもとに多数の論文を執筆し、自身の研究を発展させ、その成果をもって、戦後日本の医学界で重鎮と言われる権威者に居座った者も少なくない。その中の一人には、後に血液製剤で世間を大いに騒がす問題を起こす有名な大手製薬会社の創始者となった者もいる。

その経緯を考えれば、幹部だった者の通り一遍の記録以外、その他多くの末端の軍属に至るものまでの詳細は、公式の記録に残っているはずもなく、たとえ残っていたとしても公開されるはずのないものだった。

3　姉の消息

公文書館で探した資料には、さまざまな実験記録と共に、関東軍の組織図、当時の幹部、職員の名簿、その後の動向を示唆する記録も含まれていた。実験記録はとりあえず置いておき、目指す名前を求めて、七三一部隊の組織自体に関する資料を中心に目を通していく。

膨大な資料を当たって三日目、ついに目指す名前に行き当たった。

柏原明子。黒竜江省ハルピン市平房《ピンファン》区の防疫給水部第七三一部隊所属。本籍地、東京都本所区（現墨田区南部）。看護婦。その在職期間は昭和十八年十月から二十年八月。

退職の経緯は記録では不明であった。が、日付からすると、少なくとも終戦間際までは平房で七三一部隊に勤務していたことになる。

紘一は、平房での姉明子のようすをもっと知りたい、その頃の同僚が存命であれば話を聞きたいと思った。当時の同僚の看護婦三十名弱と、姉と年齢の近そうな医師、当時は技手と言われた研究助手など二十数名分を名簿から選び出し、そのコピーを手元に保管した。

時間の許す限り、名簿に沿って一人一人連絡を取りたい。と言っても、四十年以上も前の、しかも戦中、戦後の大混乱の最中のこと、すんなり消息の摑めるわけはなく、また、消息が判明しても、かの悪名高き七三一部隊に関することで話をしたい、となれば、面会はおろか、会話を交わすことすら可能かどうか甚だ心許《こころもと》ない。それでもできるところから手を付けようと覚悟を決めた。

主に休日、控えをとった資料から姉と特に接点のありそうな数十名をピックアップし、逐一所在を追った。

一年近くも手応えなく過ぎた。個人の消息がまったく摑めないこともさることながら、戦時中の空襲で焼け野原となってしまったところや、たとえ空襲の被害を免れても、戦後の再開発、その後のバブル期の再開発などで元の街並みはすっかり変貌をとげ、住所にあった町名すら失われてしまったものも多かった。地域の役所に問い合わせ、手持ちの住所と新旧の町名、所番地とを照らし合わせるなどの煩雑な手間を要した。

七三一部隊の記録を辿ると、石井四郎率いるこの部隊は、当初、石井が満州背蔭河《ペイインポー》において東郷《とうごう》一《はじめ》の偽名のもと、「東郷部隊」という防諜名の秘密部隊を組織したことに始まる。その後、石井の出身地である千葉県C村字Kから地縁、血縁によって繋がる多くの青年、少年、婦女子が同部隊へ応召したことにより、「K部隊」と呼ばれることになる。つまり、七三一部隊の核心に触れる活動をした人々の大方はKの出身者ということであった。

紘一はKを訪れなければならないと思った。

Kへ行けば、七三一部隊についての詳しい情報が得られるかもしれない。終戦直後はさすがに箝口令が徹底し、また、情報の漏洩は自身の戦犯としての訴追に結び付きかねないと危惧する者達も多かっただろう。しかし、戦後四十五年も経た今となっては、彼らの口も幾分固さが薄れているのではないか。否、むしろ七三一部隊に関する記憶が曖昧になっていることのほうが懸念される。

紘一は千葉の田舎――K――へ赴いた。

＊

Kの集落はなるほど石井姓が多い。たまに違う苗字の家があるが、それらの多くは戦後新たに当地に居を構えた者が多く、家の造りが新しい。古くからここに居住している者の家を見ればだいたい見当がつく。

一軒の構えの大きな古い農家で、縁側に腰かけ、一服している老人を見かけた。意を決してその家の門をくぐった。

「ごめんください」

紘一は頭を下げながら老人に言葉をかけた。

「なんじゃろ?」

老人は怪訝そうな顔を向けてよこした。

七三一部隊について調べている、と言ったところでまともに取り合ってはもらえないだろう。初めから核心に触れるのは無理だ。だが紘一には身内の消息が知りたいというもう一つの目的がある。

それならば幾分受け入れられやすいのではないか？　そこを話の糸口にしようと思った。

「少々お尋ねしたいことがありまして。実は私の姉は柏原明子と申しまして、戦時中満州にいましたが、その消息のわかる方がこのあたりにお住まいではないかと思い、お訪ねしているわけです」

紘一の言葉を聞くと老人の顔から表情が消えた。不機嫌というのでもない、内面を外界からシャットアウトする感じと言ったらいいか、とにかく強い拒絶が感じられた。

「何を聞いてこられたか知らんが、ここにはそんな者はおらん」

老人の言葉には取り付く島もなかった。

「そうですか。失礼しました。何分古いことですので、何か噂でも、思い出したことがあったら、お知らせ願えないでしょうか」

紘一は個人の連絡先が書いてある名刺を渡そうとしたが、老人は動こうとしなかった。

仕方なく手にした名刺を縁側に置き、暇乞《いとま》いをした。老人は身じろぎ一つしなかった。

それから紘一は、集落の中の戦前からあったと思われる何軒かの家々を同じように訪ねて回ったが、どこの反応も似たりよったりだった。七三一部隊の秘密とは、戦後四十五年を経てもいまだに厳重に秘匿されなければならないほどに過酷なものなのだ。自分の見通しの甘さを思い知った格好で紘一は帰路に就いた。

＊

道端の植え込みから虫たちの秋の声が聞かれるようになった頃、紘一の調査に進展があった。姉の明子と同じ看護婦として七三一部隊に従軍していた山崎カネ子という女性と連絡が取れたのだ。しかも会って話しても良いとのことであった。

カネ子と姉明子は同い年で、お互いに気が合い、部隊の中でも特に親しかったという。カネ子は山梨在住で、紘一がKを訪れた際にはすでにKには住んでいなかった。偶々《たまたま》彼岸の墓参りのために カネ子がKの実家を訪れた際、紘一が姉明子の消息を訪ねてKを訪れていたという話を幾人かの親戚の者から聞いた。さすがにKの集落内では、隣近所の目もあり、誰も満州に関することについて話すものはないだろう、しかし山梨にいる自分には普段の生活においてはKで生活している者程の柵《しがらみ》はない。これは自分が会って伝えなければならない、と考え、その親戚に渡されていた名刺にあった紘一の番号に電話をくれたのだった。

カネ子はもともとKの出身で、看護婦の資格を持っていたことから満州の七三一部隊へ渡り、そこで姉明子と共に働いていた。

一九四五年八月九日、ソ連軍が突然ソ満国境を越えて侵攻してきたことによって、七三一部隊には撤収命令が発動された。カネ子は、部隊撤収作戦のために特別に仕立てられた専用の列車——とはいっても、ぎゅうぎゅう詰めの無蓋の貨車——に乗り込み、八月十一日ハルピンを脱出した。水不足、食料不足、排泄物まみれの不衛生な環境でのチフス流行など、さまざまな困難を経て、命からがら釜山に到着し、運よく日本の門司までたどり着くことができた。その後は郷里に帰還し、実家で家業の農業を手伝っていた。そんなおり、山梨で医院を開業していたカネ子の遠縁にあたる山崎某なる医師に請われて、その後添えになったのだった。

夫となった山崎某には先妻との間に二人の男児があったが、先妻は戦中、戦後の食料難のためもあったろう、肺病のために亡くなっていた。

そこまでの情報は電話をもらった際に本人から聞いていた。

次の週末、紘一が山梨を訪ねた際、カネ子はまるで旧知の遠来の友を迎えるように歓迎してくれた。

カネ子の夫はすでに他界し、長男が医院を後継、次男は東京の大学の医学部で講師をしているとのことであった。

カネ子は丸顔に人懐こい表情を湛《たた》えた目をした、人好きのする快活な女性であった。すでに老齢の域に達していたが、記憶は確かで、受け答えもしっかりしていた。

「それで、姉は無事に帰国することができたのでしょうか?」

挨拶もそこそこに紘一がそう質問すると、カネ子は申し訳なさそうな表情を浮かべながら、誠実に話してくれた。

「それがねえ、明子さんは、撤退する一週間位前から姿が見えなくなりました。どこへ行ったものか、どうして姿が見えないのか、私にはわからないんですよ。八月九日、十日は、部隊は大混乱で、あちこちで火の手が上がっていたり、爆発が起こったりしていましたからね。八月十一日に、私が帰国の列車に乗る時には明子さんとは一緒ではなかったのです」

「では少なくとも終戦の直前までは姉は生きていたのですね？」

「はい。それは間違いありません」

「平房に居る時の姉はどんな様子でしたか？」

「明子さんは、明るくて、優しくて、聡明な上にお綺麗で。部隊の人たちにも、マルタ……捕虜の人達にさえ人気がありました」

「どんな仕事をしていたんですか？」

「それは、看護婦ですから、医者の手伝いです。手術の時の助手とか、手術前の準備や手術前後の捕虜達の世話です」

「どんなことが行なわれていたか、みんなご存知でしたか？」

「それはね。何となく、というか、ほぼわかっていた。でも、その当時はそれがお国のためで、南方で闘っている兵隊さんのため、とか、鬼畜米英や中国、ロシアと闘うために必要なことだ、と信じて疑わなかった。集団催眠というか、今なら洗脳とでも言うんでしょうかねえ。今にして思えば、人間というものは鬼にも蛇にもなるもんだと、つくづく思います」

「姉には他に特に親しかった方とかいましたか？」

紘一がその質問をした時、カネ子には一瞬の躊躇《ためら》いがあったように感じられた。話すべきかどうか、迷っているような微妙な間だった。が、やがて徐《おもむろ》に口を開いた。

「もう、時効だと思うからお話ししますが、お姉さんには想う人がありました」

「それは？」

姉の青春が顔をのぞかせたようで意気込んで先を促した。

「京都から来ていたお医者さんで、部隊長の後輩でしたから特に目をかけられていたようで、明子さんがいくら想っていても、手が届く筈のない人でした。それでも明子さんのお人柄と器量で、だんだんに相思相愛のようなことになっていったんです」

ここで再びカネ子は言い淀んだ。

「何か、まずいことがあったんですね？」

言いにくそうにしていたカネ子が再び口を開いた。

「私が引き上げる少し前、三週間位前でした。お姉さんが私に打ち明けてくれたんです。そのお医者さんとの間に子供ができたって」

「それで？」

「初めは嬉しそうでした。内地へ帰ったら奥さんになれるって。それが、だんだん元気がなくなって、あんなに明るい娘《こ》だったのに、終いにはすっかり塞ぎ込んでしまうようになって……」

「別れ話でもされたんでしょうか？」

言いにくそうなカネ子に代わって紘一がいうと、

「部隊内にも、日本の敗戦が近いんじゃないかっていううわさは拡がっていました。もちろん、幹部の将校さん達はもっとはっきりわかっていたんだと思います。それで、いよいよ内地へ帰るとなったら、身重の女は足手まといになりかねない。それに、そのお医者さんは、内地に引き揚げたら、大学の教授の娘さんと縁談があるとかで、明子さんは本当に可哀そうなことになってしまったのです」

「なぜ、あなた方と一緒に引き揚げなかったんでしょう?」

「それはやっぱり未練じゃあないでしょうか。身ごもった女は、必死で子を守ろうとします。あの時代、女手一つで子供を育てるなんて、親子で死ねと言われたも同じです。一緒に居れば、どうにか考え直してもらえるかもしれない、という考えがあったのかもしれません。それに、たとえ一人で日本に無事帰りついても、父《てて》なし児を身籠った女に対する風当たりの強さは今とは比べ物になりません。そんなこんなで、引き上げの貨車に乗らなかったんでしょうかねえ……」

カネ子は悲しそうな、すまなそうな表情を浮かべ、俯《うつむ》いてしまった。

少し間をおいて紘一が尋ねた。

「相手の医者の名前はわかりますか?」

「今さら言うてもせんないことで。あちらさんにも生活があるし……」

今まで穏やかだったカネ子の表情と声に、さっと硬さが混じった。

「それはわかります。でも、その人に会わないと、きっと姉の消息は知れません」

紘一も引き下がるわけにはいかない。

「そうですねえ」

カネ子は紘一の言葉を反芻しているように暫く沈黙した。

だが、なくした家族を取り戻したいという紘一の心情を慮ったのか、やがて、重い口を開いた。

「では、もし、お会いになるようなことがあっても、お相手の方を責め立てたりはしないとお約束下さい。誰も悪くない。そんな時代だったのです。戦争によってみんな人生を狂わされたんです」

「わかっています。けっしてご迷惑はおかけしません。それで、その方はその後どうしていらっしゃるんでしょうか？」

前のめりになって紘一はたたみかけた。

「無事に引き上げて、京都の大学へ戻られたのではないでしょうか。戦後は私も大陸でのことにはあまり触れないようにしていましたから。思い出したくない出来事でした。今となってはあの時の出来事は、悪夢だったとしかいいようがないのです」

おそらく姉を捨てたであろう医者の名は西田修介といった。

山崎カネ子の元を辞してからの道すがら、紘一は西田に接触するための手段を考え続けた。

4　元軍医西田修介との面会

京都府立山科医科大学。そこの臨床内科学講座の名誉教授が西田の現在の所在であった。専門は凍傷。代表的な論文は「凍傷時における生体の反応性変化と、皮膚、筋肉、神経組織の再生について」であった。

（まさに、七三一部隊で彼らの一部が行なった生体実験の集大成だな）

西田の記録を見て紘一は皮肉な気持ちになった。

（カネ子の言うとおり、引き上げの直前まで姉明子とすったもんだがあったとすれば、この西田という男は確実に姉の消息を知っているはずだ。最悪、敗走のどさくさに紛れて姉を手にかけたなどということさえあるかもしれない。……さて、正面突破で面会できるものかどうか）

紘一は一計を案じた。が、なかなか名案は浮かばない。「下手の考え休むに似たり」を地でいって、一向に具体策が思い浮かばないまま時間が過ぎた。

＊

四方を山に囲まれた、内陸の盆地にある晩秋の京都は、朝夕の冷え込みがきつい。

早朝東京駅を出発して、午前中に京都へ着いた紘一は、西田の勤務先の山科医科大学に向かった。

受付で時々ゴシップネタを提供するタブロイド紙発行元の出版社の名刺を出して、西田との面会を申し込んだ。数日前、西田には電話でアポイントを取っておいた。出版社の質など一般人にはわからない。それらしい肩書とインタビューの趣旨を述べて何とか面会の約束をとりつけていた。

西田は紘一よりかなり年長なはずだが、現役を退いた名誉教授とはいえ学生を相手にしているからか、時には実際の医療現場で業務に携わっているからか、肌にも張りがあり、頭髪も豊かだった。

応接セットのソファを勧められ腰を下ろす。

簡単な挨拶の際、紘一は自分の個人的連絡先を書き加えた名刺を渡したが、西田はその名刺を暫く眺めた後、デスク上の名刺ラックに置いた。

「それで？　具体的にはどういったお話をすれば？」

目の前の西田は、色こそグレーではあるが、年の割にはふさふさとした髪をして、老眼鏡と思われる銀縁の眼鏡の奥の目には理知的な輝きを湛えた、所謂ロマンスグレーの紳士であった。

（こんな虫も殺さないような顔をして、七三一部隊ではさぞ酷いことをしていたんだろう）

そんな考えが浮かび、紘一の表情はつい硬くなった。

紘一は、どういった攻め方がいいのか、この期に及んでも考えあぐねていた。昨夜もあれこれシナリオを模索してはいたのだが、結局いい考えも浮かばないまま西田との面会当日を迎えていた。

結局紘一は短刀直入に訊いた。

「柏原明子という人を御存知ですね？」

一瞬、西田の豊かな前髪がぴくっと上に持ち上がったように見えた。が、それだけだった。

「はて？　患者さんですか？」

西田は訝るような目で紘一を見た。

（そうきたか、狸親父）

「柏原明子の消息は、あなたに尋ねればわかると教えてくれた方がいる」

「……」

短い沈黙。

「……仮に……」

暫くの間を置いて西田が口を開いた。

「仮に、私が柏原明子さんという方を存じ上げているとして、それがあなたとどういう関係がおありなのですか？」

（否定はしないんだな）

「私は戦後孤児として暮らしてきました。明子の弟です。ふとしたことから姉の消息を知る手掛かりに辿り着きました。それがあなたです。姉が生きているのか、死んでいるのか。生きているなら今どうしているのか。死んだなら最期の様子はどうだったのか。家族として、それらのことが知りたいのです」

数秒間、息を呑む音さえ聞こえそうな沈黙が流れた。

紘一は、西田の表情の変化を読み取ろうと、西田の顔をじっと見つめていた。が、西田の表情には微塵も変化が現われず、物腰も柔らかなままだった。

「残念ながら、私の記憶に、柏原明子さんという方はいらっしゃらない。お力になれたらいいのだが……」

（あくまで惚《とぼ》けるつもりだな。大した狸だ。まあ、どこかの政治家や芸能人じゃあるまいが、記憶にないというのは嘘をついたことにはならないからな）

「では思い出していただけるまで、暫く時間を差し上げましょう。今日はこれで退散します。でも、諦めたわけじゃありません。また御連絡させていただきます」

紘一は、そう言うと西田の前を辞した。


西田の教授室を出てエレベータホールへ向かってゆっくり歩いていると、後ろから呼びとめる声がし、振り返ると西田が自室から出て、廊下を紘一の方へ向かって歩いて来ていた。

「柏原さん、恐縮ですがもう一度私の部屋へ戻っていただけませんか？」

＊

西田の後についてもう一度部屋に入った紘一は、改めて勧められたソファに腰を下ろした。

「私ももうすぐ満七十歳になる。名誉職とはいえ、定年を迎える年になりました。もう公の場に出る機会もなくなるでしょう。周囲に面倒を掛ける心配もあまりなくなる。

ええ、私は確かにハルピンの七三一部隊にいました。終戦間近の七月末、戦況の悪化と共に部隊の転進、司令部では撤退という言葉はけっして使いません、その転進が図られるようになりました。我々はハルピンからの撤退を想定して、いざとなったらそれまでの実験やあらゆる活動の証拠となるようなものを急いで始末しなければならなかった。部隊の施設はもちろん、さまざまな伝染病に感染したねずみや蚤、保菌者となったマルタ、作成された標本、集めたデータなどです。実際、脱出前の二日間は全てのものの破棄を部隊総出で行なった。と言っても、重要なデータの大方は、撤退に先立って、石井隊長やその他の幹部医師たちが数週間かけて密かに持ち出し、国内に隠匿したようだが……。

とにかく破壊工作と撤収準備の間、明子さんは一生懸命勤めてくれた」

そう語る西田の眼は、いつからかずっと部屋の反対側の壁を占める棚に向けられていた。その視線の先には三十㎝ほどの高さの、時代を感じさせるガラスの標本瓶が置いてあった。

「そんな混乱した状況が十日程も続いた。尻に火がついてからの作業だから、勢い操作が杜撰《ずさん》になる。だから、作業の最中にちょっとした不注意で明子は脾脱疽《ひだっそ》に感染してしまった。皮肉なもので、あれほどの設備とスタッフを揃えていた部隊でも、その時点ではもはや充分な医療体制も整わず、薬剤も処分されてしまっていたから、手の施しようがありませんでした。彼女は一週間ほど苦しんだ挙句亡くなった。私は我が身を呪いました」

紘一は話を続ける西田にかまわず部屋を横切り、棚のほうへ近づき、標本瓶を確かめた。

紅茶で煮しめたような色に変色したその瓶のラベルには日付けしか記載されていない。古びているのに不思議なオーラを放つそのラベルの向こうには、15㎝ほどの、小さいがすでに人間の形をした標本が入れられていた。日付は昭和二十年八月十日。

紘一は一瞬にして全てを悟った。

その日付なら西田はまだ満州に居たはず。

満州から持ち帰った標本。

紘一は背筋に冷たいものが走るのを感じた。

「八月十日は姉の命日ですね」

振り返りざま言い放った紘一の目に飛び込んできたのは、先刻までの柔和な表情の西田ではなく、その目に妖しい光を宿した、遠くを見ているような、あるいは見えないものを見ているような老科学者の姿だった。

「そう、そこにいるのは君の甥御さんだ。明子の命日はその子の誕生日でもあり、命日でもある」

甥、という生々しさを伴った言葉にどう反応していいかわからず、紘一はその場に固まってしまった。

「明子は死んだ。君がどう思っているか想像はできるが、それは、恐らく半分は正解で半分はあたっていまい。僕は明子を愛していた。明子が発症した時、僕は一心不乱に看病した。助かって欲しかった。看護の甲斐なく亡くなった時、僕は殆ど半狂乱になった。部隊の施設の後始末など、もうどうでもよかった。僕にとっては明子を連れ帰ることのほうが重要な問題だった。だが、伝染病で亡くなった明子を日本に連れ帰ることは当然できない。明子の遺体は彼《か》の地に埋葬するか、破壊される部隊の施設と共に焼かれるか、二つに一つしかなかった。でも僕は、何としても連れ帰りたかったのだよ。お腹の赤ん坊も」

西田はそこで一旦ことばを切り、紘一をまじまじと見た。

紘一が自分の話していることをちゃんと理解しているか、確認しているかのように。

「だから僕は明子の亡骸にメスを入れた。胎児を取り出すためだ。そして感染防御と腐敗を防ぐために、子供をホルマリンに漬け、標本として日本に持ち帰った。それがそこにいるその子だ」

狂気を帯びた深い愛情を示す父親がそこにいた。

「そのガラス瓶は息子と明子の墓標だ。毎日毎日僕はそこにいる息子に向かって手を合わせている。明子と息子のことを忘れたことはない」

紘一は西田の告白に嘘はないと感じていた。だが、尋《き》かずにはいられない。

「姉の妊娠が発覚した時、あなたは京都の大学の教授の娘さんとの間に縁談があったと聞いた。姉の存在は邪魔ではなかったのですか?」

「確かに縁談はあった。僕が大陸に渡る前、教授からそれらしい話をされたが、それは明子と出会う前だ。戦前の日本という国は、家父長制度に象徴されるように、リーダーの下《もと》に集団を作り、その集団に属するものはリーダーには絶対服従だった。医局という狭い社会においては特に顕著だ。教授のもとに形成された医師集団では、リーダーである教授の言葉は絶対だった。だが、僕は満州で明子に出会った。特殊な状況下ではあったが、私の明子を思う気持ちに偽りはなかった。ソ連侵攻という危機さえなければ一緒に帰国して家庭を持ったはずだ」

「姉の死を家族に連絡しようとは思わなかったのですか?」

紘一の追及の言葉に西田は、一体この男は何を言っているんだ、と言わんばかりの怪訝な表情を浮かべた。

「どこに? 明子の家族はどこにいた? どう連絡すればよかったんだ?」

西田の語気はやや強さを増していた。

確かにそうだ。実際、数度の東京空襲の中でも特に被害が大きく、一般に「東京大空襲」と名指しされる昭和二十年三月十日の空襲で紘一の家は焼け、紘一と一緒に逃げ惑ううちにはぐれた母は消息不明となった。紘一も孤児として施設に収容された。父の安否さえ不明だ。戦中戦後の混乱の中で知人の家族の消息を知ることに比べれば、藁の山の中から一本の縫い針を探すことのほうが遥かに容易《たやす》いだろう。

紘一は目の前の西田に対し、これまで抱いていた敵意、悪意といったものが、みるみるうちに氷解していくのを感じていた。

「西田さん、姉の遺体はハルピンに埋められたのですか?」

「いや、燃やした。感染症で亡くなったからね。そのままでは連れ帰れないし、放置することはもちろん論外だ。冷静になって思うと、悪夢でしかなかったハルピンの地に一人で置いておくのはとても忍びなかった。当時、施設は爆薬を仕掛けて破壊していたが、その傍らで形ばかり木材を組み上げてそこに寝かせ、荼毘に付した。燃え残った骨は拾って連れ帰ったよ。この子と一緒に」

棚の標本瓶の隣に、煤けたように古びた木箱があった。

姉の遺骨。

重たい沈黙が流れた。

初めに口を開いたのは、西田だった。

「訪ねてくださってよかった。私一人の胸にしまっておくには辛すぎた。明子の死を同じように悼んでくれる家族と、悲しみや秘密を共有することができて救われた心地がします。長い間、お姉さんを独り占めしていて申し訳なかった」

西田は頭《こうべ》を垂れた。謝罪を表す動作なのか、ほっとして脱力したためなのかは、紘一にはわからなかったが、その言葉には共感できた。

「姉は不幸ではなかったですね。異国の地での病死という不運には見舞われましたが、ハルピンの地は悪夢ばかりではなかったはずです。先生と巡り合えたから」

「ありがとう。そう言って貰えるとこれまで生き恥じを晒してきた甲斐があった」

紘一は、この老紳士が戦後数十年にわたって抱えてきた秘密と、悲しみ、苦しみの懊悩がいかばかりだったかと改めて思った。紘一は自身を孤児だと思い、姉の存在はすっかりなきものになってしまっていた。紘一をここまで連れてきてくれた経緯に思い至ると、不思議な気がした。思えば西田も姉も、七三一部隊、陸軍軍医学校に深く関わり、その犠牲になったのだと言えるかもしれない。


「西田さん。実は、もう一つ。伺いたいことがあります」

「なんでしょう？」

「先ごろ、新宿戸山の陸軍軍医学校跡地で多数の人骨が発見されました。御存知ですよね？」

「ええ。ニュースで見ました」

それ以上は答えない。

「あの遺骨は何だったんでしょうか」

沈黙。

「陸軍軍医学校と言えば七三一部隊の本部みたいなものですよね」

「そう……ですね」

歯切れが悪い。

「あれらの人骨は何だったんでしょう。頭蓋骨や四肢の骨には、人為的に付けられた傷があったと聞きます」

「あそこにあったのは軍医学校です。戦場での兵士の疾病や外傷に対する治療を学ぶところです。例えば、頭部に銃創を受けた際、どのようなアプローチでどのような治療を施すべきか。大腿骨のような四肢の骨の切断や接合の手技にも熟達する必要がある。それらの研鑽を行なったものでしょう」

「実際の負傷兵や民間人に施術したのですか?」

「それは……どうでしょうか」

やはり歯切れが悪い。

西田自身と明子とのことに関してはかなり心を開いて話をしてくれたと思ったが、部隊のことに関しては口が重くなるのだろう。

「頭蓋の銃創など、国内ではめったにお目にかかれるものではないでしょう。通常の外傷でも、治療のために陸軍病院に運ばれることが多かったとは思えません」

「戦地で重傷を負い、内地に送還されて、陸軍病院に収容されることもあったはずです」

「確かに。でも、それだけでしょうか？　頭蓋の損傷を戦地で受けたのなら、日本国内まで運べるものでしょうか？　平時ならあるかもしれない。でも戦時です。国内に輸送してまで治療するほどの事案なら、それ相応の立場の人間だったはず。ならばその遺骨を無縁仏よりもひどい扱いで地中に遺棄するとは考えられない。治療の対象とされた外傷なら、少なくとも国内で負った傷なのではないでしょうか。あの時期、国内で銃創を受けるような戦闘はありませんよね。兵士の処罰としての銃殺ならあり得ますか？　捕虜や思想犯など、いわゆるマルタと称されて新宿戸山の陸軍軍医学校で実験に供された方達もいたのではないですか？」

紘一は一気に捲《まく》し立てた。

「私はもっぱらハルピンにいて仕事をしていました。新宿の陸軍軍医学校には任官の際、辞令をもらうために訪問した程度で、勤務したことはありませんから、詳しい内情までは残念ながら存じません」

いささか気圧された感じの西田は力なくそう答えた。

「可能性としては？」

「何とも言えない。が、あの時代を考えれば、ありえないことではないでしょうね」

そう話す西田の顔には苦渋が満ちていた。

新宿戸山で人体実験が行なわれた可能性についてありえないことではない、と譲歩するのが西田の立場では精一杯なのかもしれない。彼をこれ以上追い詰めるようなことはしたくないと思い、その話題は一旦切り上げることにした。

紘一と西田は明子の消息の確認に満足し、お互いの健勝を祈り合って別れた。

紘一が白亜の建物を出ると、晩秋の古都の夕暮れに刻《とき》を告げるどこかの古刹の梵鐘の音が響いていた。

5　元七三一部隊員からの書簡

東京へ帰り二カ月ほどしたある日、紘一宛に一通の手紙が届いた。差し出し人は「K　石井」となっていた。

Kの石井一族に連なる人なのだろうか。

手紙はこんな書き出しで始まっていた。

「前略
私は千葉のK地方在住の石井と申します。現在は高齢のため、千葉の房総にある介護施設に起居しております。名前と住所から御察しの通り、かの石井家と少なからず縁のあるものです。

過日、あなた様がKを訪れ、満州にいらしたお姉様についてお調べになっていたと伺いました。

Kの者たちは満州ということばには敏感です。七三一部隊と言わなくても、満州という言葉が意味するものは七三一部隊そのものなのです。戦後ずっと石井中将に対する批判に晒され、いつその批判の矛先が我が身に向けられ、どんな災いが降りかかるかと、戦々恐々として過ごしてきた私共としましては、貝のように口を噤《つぐ》んで、嵐が過ぎ去るのをじっと身を潜めて待つしかありませんでした。だから、あなた様が御家族の御消息をお尋ねになっても、誰も何も答えるわけにはいかなかったのです。

それでも、時が経ち、老い先の見えてきた私には、どうしてもお伝えしたいことがあるのだという思いを拭い去ることができません。

でも、私にはそれを語る術がありませんでした。石井の親父の言う通り、このままこの秘密を墓場まで持っていくのかと思うと、たまらない気持ちで暮らしていました。そんな時、たまたま見舞いに来てくれた親戚の者が、あなた様が何かお調べのご様子でKを訪れていたと教えてくれたのです。もう、矢も盾もたまらなくなって、こうして失礼ながら一筆差し上げた次第です。

妻も先年亡くなり、行く末を考えて、僅かばかりの田畑を処分し、今では施設に入って暮らしています。老い先短い身、どうせこのまま枯れて朽ち果てるばかり、せめて何かのお役にたてるなら、満州で私が見聞きしたこと、覚えている限りのことをお話ししておきたいと思いました。さぞ御迷惑なこととは存じますが、自分では身動きの取れない我が身に免じて、どうか、おでましいただき私の話を聞いてはいただけないでしょうか。年寄りの冷や水と思し召し、ご不快に思われましたらご容赦いただき、この手紙は捨て置いてください。

　では、御身、お大切に。


千葉、房総にて。

草々

K　石井

　誠実な手紙だった。紘一は手紙を読むと、会って話してみたい衝動に駆られ、住所にあった施設に電話を入れ、手紙の石井某氏に連絡をとった。

　幸い手紙の主は健在で、会って話すことも可能だそうだ。本人も了承しているという。面会の約束を取り付けた。


　一週間後、紘一は房総半島にある、海に面した居心地のよさそうな介護施設にいた。

　手紙をくれた石井氏の入居するその施設のロビーの、床から天井まである大きなガラスの壁面からは、真っ青に広がる凪いだ太平洋が一望でき、たっぷりの陽光が注ぎ込んで、初冬とは思えないほど暖かかった。

　眼下に太平洋を望む見晴らしのいいロビーで待っていると、介護士が車椅子に乗った石井某と思われる老人を連れて来てくれた。

老人は皺の刻まれた柔和な顔を紘一に向けると、照れたような、人懐こい笑みを浮かべて会釈をした。手紙の文面に劣らず誠実な人だという印象を受けた。

連れてきてくれた介護士は「ごゆっくり。なにかありましたら声をかけてください」という言葉を残して本来の仕事へ戻っていった。

「石井さんですね？」

「はい。わざわざご足労いただきまして恐縮です」

「とんでもありません。お便りを大変ありがたく拝読いたしました。さぞ勇気の要ったことでしょう」

「いやいや、死期の近づいた爺《じじい》の手前勝手にお付き合いいただき心苦しい限りです」

「いえ、こちらこそご無理させたのではないかと恐縮しております。早速ですが、もう少しお話を伺ってもよろしいでしょうか？」

「かまいませんよ、どうせお迎えを待つ身ですから。今のうちに心の重荷を降ろして閻魔様にお会いしたいと思ったのです。その代わり、かえってあなたに重荷を肩代わりさせてしまうのではないかと気掛かりなくらいです」

老人は車椅子に乗っていることからして、脚力などの体力は衰えているのだろうが、目には力強さが漲《みなぎ》っており、語り口もしっかりしていた。精神が矍鑠《かくしゃく》としていることの証明であった。

「では、遠慮なく」
「どうぞ、なんなりと」
以下は、紘一が、石井氏の話を手記としてまとめたものである。

●石井某氏の手記

私は終戦の一年半ほど前、妻と共に満州へ渡りました。満州、ハルピンの平房《ピンファン》にあった七三一部隊で働くためです。

その頃、私らの村には、Kの少年たちが石井家の伝手《つて》で医学校の助手のような仕事のために満州へ渡り、実家にその頃の日本国内では考えられない額の仕送りをしてきている、というもっぱらの噂がありました。

農家の三男坊で冷や飯食いだった私は、嫁をもらっても父や長兄の畑や田圃の仕事を手伝い、屑野菜や古米を分けてもらうしかない生活でした。妻に新しい着物の一つも買ってやりたい。旨い魚をおかずに新米を食べさせてやりたい。そんな思いで暮らしているところに、Kの石井の息子さんが隊長さんをしている満州の部隊で働ける人を探しているという話があったのです。妻とも相談し、満州へ渡りました。

妻は、兵隊さんや、研究している軍医の先生達、技手や、技手の手伝いをする少年班の子供達はじめ、たくさんの職員の賄《まかな》いの仕事をしていました。

私は初め、隊で飼っている馬や、牛、山羊、鼠、鶏、犬などの餌やりや運動、排泄物処理などの仕事をしていました。

動物は病気に感染させて、薬やワクチンの実験に使うものと、ペスト菌などの黴菌《ばいきん》を増やすために使うものなどがあり、他に将校さん達が乗るための馬の世話もしました。

もともと仕事の呑み込みの速い質《たち》でしたから、あっという間にてきぱきと仕事をこなすようになった私を見て、動物飼育の責任者をしていた石井隊長のご兄弟の方に、医学実験の班へ移るよう勧められたのです。Ｋの出身だということも大きかったと思います。同郷の者たちは少なからず血縁、地縁があり、今から思うと秘密保持にはうってつけだったのです。

同じ村から少年達もたくさんハルピンに来ていました。十五、六歳の農家の次男、三男、頭はよくても上の学校へは行かせてもらえないような子供たちが満州に渡って、生活を共にしました。朝から晩まで細菌学の講義や細菌培養などの実技の訓練を受け、その後、七三一部隊の少年班員として任務に就きました。本当かどうか、真面目に勉強すれば、医学校出の資格がもらえる、というほどの話もあったのです。

私や少年らの主な仕事は、初めはまだ、実験後の手術室の掃除や、手術器具の洗浄、黴菌を培養するための寒天培地の作成などの簡単な仕事でした。それから少しものがわかってくると、実験を行なう軍医の助手である技手を補助する仕事をするようになりました。実験後の解剖台や解剖室の清掃、培地への黴菌の植え付けなどです。少し年長になると、マルタの世話や、実験前の準備、解剖された人体の臓器の標本をホルマリンの入った瓶に入れる、解剖後の御遺体を焼却炉まで運ぶなど、過酷な仕事になりました。

ハルピンでの暮らしは、人体実験に関連することを除けば、食料はふんだんにあり、給金も高く、概ね不満のないものでしたが、その中でどうしても忘れられないことがあります。

同じ村からハルピンの平房に渡った子供で清というのが居りました。どういうわけか清は私に懐いて、子供のなかった私は、清を特別可愛がっておりました。清は少年班に所属して、寒天培地への黴菌《ばいきん》の植え付けを担当しておったのですが、未熟な子供のすることですから、とうとう清がペストに罹ってしまいました。ペストは死に至る病です。ほっとけば死にます。部隊では病気に罹ったものは生きたまま解剖するのが習いでした。たとえ部隊の人間といえども、それは同じです。そうして家族には名誉の戦死と通知されるのです。

清も生きたまま解剖されることになりました。

清が解剖台に載せられて、「少佐殿、少佐殿」と、目からボロボロ涙をこぼして、やせ細り、干からびて黒っぽくなった手を合わせ、命乞いをしていたのが忘れられません。

解剖を躊躇《ためら》う技手は上官に叱責され、握っていたメスを腹に突き立て、それをスーッと真一文字に股の上まで引きおろし、腹を開けました。清が悲鳴を上げて叫ぶと、腹に圧がかかり、柘榴のように口を開けた腹の傷から、臓物がヌルヌルと溢れてきました。そのうちに清は静かになりました。

それまでも、里にいい仕送りができる、お国や兵隊さんのためにやっているんだ、と自分に言い聞かせながら仕事をしていましたが、さすがに清の解剖は胸に突き刺さりました。

それからしばらくして、うちの奴が呼び出されました。家内は、美味しいものでも食べさせてくれるんだろうか、といそいそと出かけて行きました。次の日の朝、うちの奴は疲れ切った顔で髪もぼさぼさで帰ってきました。

どうしたのか、と何度訊いても答えませんでした。何も言いませんでした。

その後一週間ごとに医務室へ連れていかれ、血やら小水やらの検査を受けさせられました。そうして二カ月後、赤ん坊ができた、と言われました。結婚して五、六年になっていましたが、それまでそんな兆しは全くありませんでしたから、いいもんを食ってると違うもんだな、とその時は何の疑いも持たずに喜んだのです。

十月十日《とつきとおか》して赤ん坊が生まれて、初めて自分の甘さを知りました。

子供の肌は透き通るように白く、髪は金髪で目は真っ青でした。ただ、透き通るように白い肌に、バラの花を散らしたように赤い皮疹が所々にありました。口も三ツ口で、生まれてしばらくしても、周囲《まわ》りの音にも反応しないようでした。

後で知ったのですが、家内は、梅毒に感染させたロシア人に無理やりあてがわれ、梅毒の感染の初めから、お腹の子に現れる変化まで調べるために実験台にされておったのです。

三つ口も、聾も、母親の腹の中にいる時に感染した先天性梅毒の症状でした。臓物《はらわた》が煮えくり返るようでした。

そこではたと思い当たったのは、Kの里で私たちより先に満州へ渡った家の妻女が戦病死ということで骨になって帰ってきたことがあった、ということでした。

満州から一緒に帰ってきた旦那のほうは、葬式を出した後、軍から迎えに来た憲兵と一緒にまた満州へ帰っていきました。あの妻女もうちの奴と同じ目に逢うとったんじゃなかろうか。あの旦那さん、帰って来てから様子がおかしかったもんな。瘦せこけて、まるで餓鬼のようだった。あの旦那さんも私と同じ目に逢ったんだ。いや、もっとひどい目にあってたかもしれん。奥さんも生きたまま解剖されたのかもしれん。


あの頃ハルピンの平房で行なわれていたことはそういうことです。

満州で行なわれていたことは、とても人間のすることではない。

それは自分自身のしてきたことにも言えることです。戦争は人を鬼に変える。もう到底人とは言えんものに変える。

終戦が迫った八月初め、九日にソ連軍が侵攻を始めたという知らせが入ってから、痕跡を残さぬようにとの命令が実行に移されました。マルタは毒物を注射されたり、銃でうたれたりして殺されました。その後焼却炉で焼かれたり、焼却が間に合わなくなってからは穴に埋められたりして始末されたのです。実験のデータや命令系統の書類なども全て処分しろという通達でした。

マルタの死体や殺された実験動物たちの焼却のために焼却炉はフル稼働で、真っ黒な煙が昼夜を分かたずモクモクと上がっていました。辺りにはガソリンや火薬の匂いに混じって、動物（人間も）の肉や薬品の燃える胸の悪くなるような凄まじい匂いが充満し、実際具合が悪くなりました。それでも焼却の間に合わないものはそのまま半ば埋めるような形で放っぽりだされていました。軍の工兵隊も来ました。部隊の施設に爆薬を仕掛け、本部に向かって一斉に皆で敬礼、黙禱した後、研究施設や、マルタ達がいた呂号棟が爆破されました。それから私達は、引き上げのために特別に仕立てられた、長い長い貨物列車に乗せられて引き上げてきたのです。

平房の本部横の鉄道引き込み線に乗り入れられた列車は三十三輌の、ほとんどは無蓋の貨車でした。何人かの子供は引き上げ前に部隊に取り上げられていました。母親達は渡したくなかったでしょうが、自分らの体調も悪く、とても兵隊さんに逆らうなんてことはできませんでした。逆らえば、兵隊さんの銃で殴られたり、軍靴で踏みつけられたり、ひどい目に遭わされるのです。不憫には思いましたが、鬼畜になっておった私は兵隊さんに言われるまま子供を渡してしまいました。できれば、長いこと苦しまんで、むごい目には遭わんで逝ってくれてれば、それでいいと……。敗走のどさくさで焼却炉に入れられたもんか、穴に埋められたもんか、わからんですから。

八月十一日未明、ハルピンに住んでいた部隊員とその家族の到着を待って、特別列車はやっと動き出しました。平房を出た貨物列車は早朝ハルピン駅を通過し、南へ南へと進む途中で、関東軍の兵隊さん達を満載し、反対に大陸の奥へ奥へと前線を目指して向かう軍用列車とすれ違いました。

新京までの道中、朝鮮人の蜂起があったという噂があり、列車は所々で予告なく止まり、すぐまた動き出すということの繰り返しでのろのろと進み、新京に着いたのは八月の十五日でした。

屋根がなく四隅の柱を支柱にしたシートですっぽり覆われただけの、無蓋貨車の中はぎゅうぎゅうに詰め込まれた人で溢れ、体を伸ばして寝ることもできません。飲み水も満足にない。排泄もままならない列車では、停車した時を見計らって外に出、列車の脇で用を足しました。間に合わないときは貨車の隅っこで用をたしました。汚物と汗の混じった匂いのたちこめた真夏の貨車の中は地獄です。

かろうじて親に連れられて列車に乗ることのできた赤ん坊は泣きっぱなしでした。それでも泣いているうちはまだいいのです。泣く元気が残っているということ。そのうちぐったりすると泣くこともできなくなる。たまに途中の駅で止まっても、八路軍がいつ攻めて来るか、ロシア軍がいつ襲ってくるかわからんもんで、やっとこさ蒸気機関車の水を補給すると、人の飲み水や食料は後回しで早々に出発しました。

奉天、安東《アンダン》を通り十昼夜ひた走ってやっと釜山まで来ると、着のみ着のまま、汗と排泄物でぐちゃぐちゃになったすさまじい臭気を放つ姿のままで、今度は釜山から、用意されていた引き上げ船に乗り込みました。それは船体が灰色に塗られている軍艦でした。

階段を降りて丸い船窓のついた広い船室に詰め込まれ、出航を待ちました。

地獄のような貨車での移動に耐えたのに、引き上げ船の中で精も根も尽き果てた家内は、再び日本を見ることなく、船の中で死にました。遺体は、少しでも空きを作るためと伝染病の蔓延を防ぐため、甲板から海に捨てられました。昔から航海中の船で亡くなった人はそうされてきたのです。私にはどうすることもできませんでした。

やがて船は門司港に入港し、しばらく船の中で待たされたあと、下船しました。それから門司港近くの学校の講堂で一週間ほど過ごしました。

その後、出身地別にもう一度班編成が行なわれました。八輌ほどの特別編成の有蓋の列車で北に向かい、下関、萩、福井と進み、金沢に到着しました。

列車に乗っている間、駅に停車しても一般人との接触が禁じられていたため、列車の外に出ることはできませんでした。列車が金沢に着くと、一部は下車し、野間神社などに身を隠した者もあると聞きます。その後列車は、高岡、富山を経て直江津に到着しました。

直江津で一泊した後、出身地か帰省先によって少人数の班に分けられ、さらに三、四人ずつ一般人に紛れるように指示され、故郷へ帰りついたのです。

ハルピンから引き揚げた者達は皆、撤退に先立つ石井隊長の訓示が重しのように胸の奥にこびりついていました。

「ここで見聞きしたことは他言無用。移動中は七三一部隊員であることは秘匿せよ。内地へ帰ってのち、隊員同士の連絡は禁止。秘密は墓場まで持っていけ」

幹部の人達は戦犯にもならず、多くは京大や東大、金沢、新潟などの大学に戻って偉い先生になった人も多かったと聞きます。一部の者はアメリカの研究機関などに移って研究を続けたと後に知りました。

私達下っ端は満洲へ行く前と変わらない生活が始まりましたが、心だけは決して元に戻ることはありませんでした。

梅毒で鼻のもげた家内のことはもちろん、他にもたくさん親にも明かせない秘密を抱えて、どうして以前のような屈託のない気持ちで過ごせるでしょうか。

何度か死ぬことも考えました。でも、年老いた両親を残して一人だけ楽になることはできないと、思いとどまりました。

三年ほどして、行かず後家となっていた者を世話してくれる人があり、所帯を持ちました。身を固めろとうるさく言う老父母に、自分は真っ当な幸せを望んではいけないことを説明するのが面倒だったのと、何より、そのことについて話すのを禁じられていたので、説明のしようもなかったのです。

二番目の妻はよくできた女でした。一通りのことはでき、両親のことも大切にしてくれました。子供は授かりませんでしたが、私はやっと人間らしい生活を取り戻したように思えました。それでも、毎晩のように満州でのことを夢に見てうなされるのです。妻に何度か問い質《ただ》されました。それでも、話せませんでした。そんな風だから妻との仲もだんだんぎくしゃくしてきて、話せば楽になるだろうに、それができない私は、とうとう寝間を別にしました。

満州での悪夢は、夢の中だけではなく、現実の生活の中でもずっと続いていたのです。


ここまで話を聞いて書き留めるのに二時間ほど要した。過酷な記憶を思い出す作業も影響して、老人に疲れの色が見えた頃、紘一が施設を訪問した際に老人をロビーまで連れてきてくれた介護士が紘一たちのもとを訪れた。

「そろそろよろしいでしょうか？　石井さんもお疲れのようです」

「これは失礼しました。そうですね、今日はここまでにしましょう。明日またお伺いしてもよろしいですか？」

紘一が言うと老人はまだ話したそうにしていたが、介護士に促されて、面会は切り上げとなり、翌日の面会の手続きをして、老人に別れを告げた。


紘一は近くに宿をとり、今日聞いたことを文章に起こした。

（明日、面会に行ったら今日の話をまとめたものを読んで確認してもらおう）

翌日、再び施設を訪れた紘一は、介護士に連れられた石井老人と面会した。前日の面談の内容を手記に起こしたものを渡して読んでもらった。

老人は満足そうに微笑んでうなずくと、紘一の言葉を待った。

紘一は石井老人に対し、また質問を始めた。

「満州での七三一部隊の実態についてはかなり多くの書物や記録が出てきているので、だいたいのところは承知しているつもりです。数年前に東京の新宿戸山、陸軍軍医学校跡地の工事現場で、たくさんの人骨が発見されたことがありましたね。あの人骨について、何か心当たり、というか、お考えはありますか？」

「ああ、そうですね。あれは、軍関係で命を落とされた方々のお骨でしょうね」

「と、いいますと？」

「当時の日本軍は五属共栄といいながら、その実、日本人以外のアジア人たちは民族として劣等なのだ、とひどい偏見を国民に植え付けていた。一方、拡大する戦況に備えて、医者の卵たちを軍医として即戦力にするための速成教育をしなくてはいけなかった。そこのところを統括するのが陸軍軍医学校でした」

そこで老人は一息入れた。

「ハルピンの平房にあった七三一部隊は、敷地内に鉄道の引き込み線はもちろん、すぐそばに飛行場もありました。石井の親父やお偉いさんはそこから飛行機で東京とハルピンをよく行き来していました。おっきな、呑龍（一〇〇式重爆撃機　キ49）という、通常は爆撃に使用する飛行機でしたが、太い胴体部には改造を施して、かなりのものが積めるようにしてありました。その飛行機が彼らの移動手段でした。内地から飛んで来るときには、実験機材や食料、酒、新たな軍医や軍属の医者を運び、ハルピンからは実験の資料や標本を積み込み、直接報告するため、実験の責任者の医者などが乗って内地へ出発しました」

そこまで話して、老人は話しにくそうに言葉を切った。

紘一は辛抱強く老人が再び口を開くのを待った。やがて、意を決したように老人は口を開いた。

「ホルマリン漬けの人体の一部や、時には目隠しをされ、腰縄を打たれ、鉄の足枷をはめられた生きたマルタが乗せられることもありました」

「それは何のためですか？」

「平房で実験したことを東京で実際にやって見せたり、速成の軍医を作るための手術の練習台にするためでしょう」

予想はしていたが、実際の元隊員の口から語られると、その事実の重みは想像以上に紘一の胸を締め付けた。

（生身の人間が医者を作るための練習台？　ふざけるな！）

怒りがこみ上げ、叫びたくなった。

だが、その怒りはこの老人に対してではない。ましてや、この老人は軍医ではなく、実際の解剖や実験に際し、命令により手伝いをさせられていただけだ。こういう普通の分別のある人間に、あれほど非道なこと、人間として決して許されないことを平気で行なわせた当時の日本の社会、日本軍や政府のあり方に対するものだった。いや、日本だけではない。戦争を遂行する全世界のシステム——戦争にぶら下がって私腹を肥やす政商や、武器製造メーカー、武器商人、政治家たち——に対する怒りだった。

紘一の内面の葛藤に気づいたのか、老人はまた少しの間、ことばを切った。

「戦争です。人間を鬼畜に変えるのが戦争なんです。私は長年口を拭ってきた。でも、自分は裏切れんのですよ。自分のしたことは、自分が一番よう知っている。誰も責めんでも、自分は寝ても覚めても自分自身に責められとるんですわ」

穏やかな、悲しそうな語り口だった。

「その、マルタと呼ばれる人たちは、どういう方たちだったんですか?」

「一番多いのは中国人、満人だな。八路軍の兵士もいたし、朝鮮人も、モンゴル人も、ロシア人もたまにいた」

「なぜマルタにされたのですか?」

「憲兵に連れられてくるのさ。スパイだなんだって決めつけられて。本当にスパイもおったかもしれんが、ほとんどは言いがかりみたいなもんで、マルタが実験に必要になったら、満人の部落に行って、いきなりスパイだ、抵抗勢力だと行って無理やり引っ張ってくるのさ。その時に抵抗しようもんなら、もうそれで十分な罪状になる。今の公務執行妨害みたいなもんさね」

「ひどいですね」

「ああ、ひどいもんだ」

「Ｋから行った少年隊の中でも犠牲になられた方がいらしたと、昨日おっしゃってましたね」

「ああ、なんと言ってもあれが一番きつい。思い出すと胸が掻きむしられるような気持ちになるんですわ。もう、生きているのさえ申し訳なくなる。こんな人非人が老いさらばえて醜態を晒して、ぬくぬくと生きとって申し訳ない。早く地獄へ連れてってくれ、と毎晩願うとります」

老人は、皺だらけで乾いた皮膚に伝う涙を拭おうともしなかった。

「呑龍でのマルタの輸送は何回位ありましたか？」

「さあ、わしらは仕事の分担がきつく決められて、それぞれの持ち場でのことを話すのは厳に禁じられておったので、たまたま目にしたり、あとでなんとなく耳に入って知るだけだ。確かなところはわからんが、十年もあそこで悪さしとったんじゃから、かなりな回数になるんと違うかなあ」

「マルタの数にして一〇〇人やそこらはあると？」

「一〇〇人は優に超えとるじゃろなあ」

「それから、同じように軍属として満州へ渡られたご夫婦の奥さんが亡くなられたお話もありましたよね」

「ああ、あれもひどい話じゃった」

「旦那さんのほうはどうされましたか？」

「終戦まで生きとった。一緒に引き上げ船に乗った。Ｋへ帰ってからは、まるで魂の抜けた人のようになった。親のおるうちはそれでも何とか野良仕事を手伝わされとったが、二親《ふたおや》が亡くなってからは、ぼーっとしてることが多くなって、そのうち畑も家も荒れ放題になってしもうた。兄弟がおって、しばらくはなんぼか世話もしてやっておったが、それぞれ子や孫もおるもんでなあ。そうそういつもいつも面倒見ておるわけにもいかんかったんじゃろう。ある日畑の隅にある桜の木に荒縄をかけて首を括《くく》っとった。あの世で奥さんに詫びたことじゃろのう」

そこまで話すと、老人は目の周りの皺に滲んだ液体を初めて拭った。

辛い話だった。

部隊の秘密を背負わされて生きるだけでも生半《なまなか》なことではないだろうが、最愛の妻が、部隊の梅毒の感染実験のために、梅毒に感染させられたロシア人に強姦され、結果として梅毒に感染させられた。妊娠、出産までさせられて、おまけに妻とその子が、感染の進行の実態の把握のために、恐らく生体解剖に付された。そういう事実は、ふつうの人間には到底耐えられるものではない。正常の精神状態でいられるはずがない。狂うか、自らの命を絶つか、二つに一つ、あるいはその両方の選択肢を選んでも不思議ではないと思われた。

老人の話からすると、新宿戸山で発見された人骨の身元は、主に満州で集められた人達ということになる。捕虜となった八路軍の兵士や、スパイ容疑を掛けられたほとんどは無実の大陸の住民達で、まさに「マルタ」と称された人々である。実験と称する人体解剖や手術の練習台として、平房の七三一部隊の敷地近くにある飛行場から、呑龍という輸送用に改造された大型の爆撃機に乗せられて東京へ連れてこられた。新宿戸山の人骨は、非道の実験に付された遺体やその一部だったことは間違いないようだ。国内で特高にスパイや反体制勢力の疑いをかけられた者たちも含まれていたのかもしれない。

なんという悪魔の所業。人間の性悪の面をまざまざと見せつけられた思いがして、あまりの胸糞の悪さに、しばらく吐き気を覚えるほどだった。話をしてくれている老人の心の負担もいかばかりであったろう。

七三一部隊に関しての質問がひととおり終わった後、老人の戦後の生活や今の生活について少し話をし、老人の気持ちも平常に戻った頃合いを見計らって暇《いとま》乞いをした。

別れの時になって老人は、

「ありがたや。これでもう、いつでもあっちへ行ける」

と言って、紘一の手をとって両手で握りしめた。乾いた涙の跡でぐしゃぐしゃになった皺だらけの顔に、また涙が溢れた。

6　発掘人骨の真実

紘一は、新宿戸山で発掘された遺骨はそこにあった陸軍軍医学校や、遠くハルピンの平房の七三一部隊で行なわれたさまざまな実験や生体解剖、手術の練習台に供されたものの遺物であることを確信した。

それらは標本としてホルマリン漬けにされ、満州から運ばれて棚に並べられていたものかもしれず、また、マルタと称されて満州から軍医学校戸山研究所まで連行されて来た後、この地で生体解剖や実験に供されて標本になったものもあっただろう。

この事実は白日のもとに晒して、非道な行為の責任を問わねばならない。そのために最も適切な方法は何か。

これほどの悪事を隠蔽するためには国家規模の力がはたらいたはずだ。終戦後の当時、日本は進駐軍による統治下にあったことを考えると、それができるのは進駐軍、すなわち連合国軍総司令部でしかありえない。

七三一部隊の幹部はソ連によってハバロフスクで裁かれた極少数名を除いては、アメリカが主導して行なった「東京裁判」と通称される極東軍事裁判などでは訴追さえされていない。

東京裁判の準備段階において、七三一部隊の幹部だった軍医、細菌学者らに対して、アメリカ側の細菌学者を含む担当者から数度に及ぶ非公式な聞き取り調査が行なわれたという記述が、自身も七三一部隊で仕事をし、戦後も石井の傍にいたG女史の著作に見られる。さすがに隊長の石井中将は、終戦後は表舞台に立つことはなく、部下たちの身の振り方に尽力した後はひっそりと暮らしていたようだ。しかし、元七三一部隊の錚々たる幹部連中はまったくお咎めなし、のうのうと、しかも華々しく残りの人生を全うしている。そんなことが可能だったのは、進駐軍主導の非公式の事情聴取の段階で、重要な情報やデータと引き換えに、彼らに対し免責特権が与えられた、としか考えようがない。

C女史の本の記述を読むと、始めは情報を小出しにし、司令部が興味を示したところでさらに一部の情報を開示、戦後の世界戦略にとって重要な武器となりうる生物兵器や毒ガス兵器の情報の存在を匂わせ、ついには完全な免責と引き換えにすべてのデータを渡した、ということが見て取れる。その主な事情聴取、密約の舞台が、他ならぬ、新宿の元陸軍軍医学校に程近い、石井元中将の居宅であったことも、その回顧録は明らかにしている。

東京へ帰り、日々の仕事に追われながら、半年ほど経つうちに紘一の中に一つの決意が固まっていった。

姉の消息は知れた。思いがけず甥——といっていいかどうか——の存在も知った。だが、身内の消息が知れただけで、七三一部隊に繋がる新宿戸山の人骨についての疑念は晴れたわけではない。聞けば、当局では犯罪を示唆するような状況が明らかではないため、人骨の法医学的な調査はせず、人骨も処分すると決めたそうだ。それに対し、以前から七三一部隊についての調査や著作のある学者や著名人、一般市民をはじめ、民間の有志たちなどによる人骨の法医学的調査と保存を求める——むろん、七三一部隊の所業との関連も含めて——運動も立ち上がっている。

一九九一（平成三）年七月には、中国での七三一部隊の三千名余とも言われる犠牲者遺族の内、二家族三名の男女が日本の外務省と新宿区に対して、「新宿戸山で発見された人骨」の保存と調査、身元が判明した場合の遺骨の返還と損害賠償を求めて申立書を提出している。また、調査を行なわないことは遺族の人権侵害にあたるとして日弁連人権擁護委員会にも申し立てを行ない、日弁連も調査部会を設置し、新宿区長、内閣総理大臣、厚生（当時）大臣に調査と保存を求める要望書を提出した。その後も数人の遺族から同様の申立書が提出されている。

それから数週間、紘一はこれまで集めた七三一部隊関連の資料の隅々にまで目を通す作業に没頭した。

そして、とうとう見つけた。

新宿戸山、陸軍軍医学校の業績に関する記述。

陸軍軍医学校の役割は、一義的には新人軍医の養成であり、実戦に際しての軍医としての実地訓練。すなわち、さまざまな外傷や感染症に対する基礎的な知識と治療法の習得。銃創などの戦地ならではの外傷患者に対する対処法と実際の処置の習熟などであるが、もう一つの機能は、ハルピンの七三一部隊からの研究成果の報告の記録と保存。新たな指示決定と伝達。興味深い事例の実地検証、あるいは詳細な報告などであったと思われる。

日付に沿って症例の記述がある。はっきりした姓名のあるものと、性別、年齢のみの記載のものがあり、姓名も日本名のものから、朝鮮名、中国名と思しき大陸系の名前もあり、人種名のみ記銘されたものもある。

個別に記録を辿っていくと、頭部銃創に対して開頭手術を施し、数日後に亡くなっているものや、大腿部切断に際し、再接合を試みたもの、一旦切断をし、その切断端を形成したものなどが多くみられた。

（これらの人達は日常の生活の中で受傷し、治療を受けたものであるはずがない。思想犯として捕えられた日本人や、解放運動への関与を疑われた朝鮮や中国の人、スパイ容疑のアジア人はじめ、ロシア人などの外国人に拷問や処刑目的に受傷させたものか、実験目的、あるいは未熟な医師達の実地訓練用として故意に傷付けられた人達ではないのか。ハルピンの七三一部隊のやっていたことと本質的に変わらないではないか）

記録を検討して紘一の得た印象だった。

この記録にある人達の出自を追跡すれば、もう少し真相に近づけるかもしれない。

紘一は可能な限り、当時の日本政府に政治犯、スパイとして捕えられた日本人、中国人、朝鮮人、ロシア人などの消息を追うべく、地味に、かつ地道に調査を行なっていた。そんな生活も四年目を迎えようとする頃、民間で立ち上げられた新宿戸山の陸軍軍医学校跡地で発見された人骨の調査を求める会の依頼で、札幌学院大学教授の佐倉朔氏によって一九九一年八月三十一日から翌年三月三十一日まで行なわれた戸山人骨鑑定の鑑定報告書が、一九九二（平成四）年三月三十日付で発表された。

＊

その要約によると、全個体数は概算で百体以上（正確な推定は困難）、その四分の三が男性、大部分が壮年の成人、一体の未成年者。人種的には大部分がモンゴロイドに属すると推定されるが、変異性が大きく、かなり異質な集団に由来する個体の混在からなり、日本人が含まれることもありうるが、少なくとも一般日本人集団の無作為標本ではない可能性が大きい、とのことであった。

言いかえれば、発見された遺骨のほとんどは、日本人以外のさまざまな集団、人種からなる壮年アジア人の遺骨である、ということであり、それから推察されるのは、日本の政治犯というよりも周辺諸国の政治犯、スパイ容疑者、最悪はマルタとして強制連行された一般の人々、ということが言えまいか。

鑑定書はさらに続く。

十数個の頭骨にドリルによる穿孔、鋸断、破切などの人為的な加工の痕跡を認め、そのうち脳外科手術の開頭術に類似するもの六例、中耳炎の根治手術に類似するもの二例あり、これらは頸部で切断された死体の頭部に対して実施されたものと推定される。他に切創、及び刺創のある頭骨一例、銃創の疑いのあるもの一例が認められた。

四肢骨では、骨体のいろいろな位置で意味不明の鋸断をされたものが多く、軟部組織が付着していた可能性がある。

他に、晒し骨の乾燥標本として使用されたと推定される保存良好な一体分の体部骨格が存在する。

以上が戸山人骨鑑定のあらましである。今後も詳細な調査が行なわれることになるだろうが、これまで判明した事実から想定されるのは、それらの遺骨は、少なくとも全てが純粋な被医療後の遺体ではなく、その多くは、拷問や人体実験といった何らかの意図を持って集められた人々の遺体である、ということにならないだろうか？　少なくとも医学教育の教材的使われ方をされた遺体であったらしいことは確かなように思える。

戦地での負傷兵の治療の研鑽が目的だと百歩譲っても、その遺体となった人達の出自は大陸の方《かた》が多い。そして、七三一部隊の撤退作戦の間には本国から輸送機で将校が飛んだという記録があることから、戦時中も人員が輸送機で日本に送られることも可能であった。これらのことは、大陸で調達されたマルタが日本に、つまり新宿の陸軍軍医学校に空輸されたと考えるに充分な傍証である。

確かにここ新宿戸山の日本陸軍軍医学校は、戦時中、かの悪名高き七三一部隊の総本山であったのである。

紘一は今まで手に入れた資料を基に、新宿戸山の人骨の来歴に関する一通りの仮説を構築した。仮説といってもほぼ事実をついていると確信している。集めた資料のコピーをとって、紘一のまとめた仮説に添えた。

集めた資料に目を通していると、終戦時、収監された多くの日本軍戦犯のうち、大戦後の世界における勢力の均衡において、アメリカが優位に立つために貢献できる情報、人脈を持つ者達は、その情報のアメリカへの提供と自身のアメリカへの忠誠とを引き換えに、いつの間にか釈放されていることが目に付く。その結果、かつて日本軍部、政府の中枢にいたものが、アメリカのエイジェントとして再び日本の政治、経済の中枢に食い込んでいる。現在へと続くアメリカ傀儡政権としての戦後日本が始まった経緯がありありと示されている。そんな資料にたびたび遭遇した。

これが日本の政治、国家形態の真実なのだ。独立国家だと思っているのは何も知らされない大衆のみだ。敗戦とともに国家の主権はアメリカの手に渡り、勤勉な日本国民がこつこつと蓄えた富は、アメリカの政府、金融を牛耳る者たちへ根こそぎ搾り取られている。この先何十年にもわたって、否、未来永劫日本民族が滅亡するまでその搾取行為は堅持される。

なんというおぞましい構図なのだろう。このあたりのこともいつかきっちり書いてやる。

7　調査を求める会との接触

「人骨」に関する調査を進める過程で紘一は、自分と同じように新宿戸山の人骨について調査を進め、同じような疑いを抱き、中国の遺族を探し出し、日本政府に賠償責任を問おうとしている市民団体の代表と知己を得ることができた。自分の仮説と知りえた情報、資料を共有して、団体の活動に役立ててもらおうと考え、新宿を中心に活動するその市民団体の代表に連絡を取った。

会の代表者は佐々木といった。初めに連絡を取った時には半信半疑だったらしく、とりあえず一度お会いしましょうということになった。

暑い夏の日だった。新宿西口のロータリーを横切って左手に五分ほど歩いたビジネスホテルの入り口付近に設けられたティーラウンジを訪れると、午後の半端な時間帯のせいで他に二組しか客がおらず、目印に決めておいた服装を確認するまでもなく、すでに席についていた佐々木を確認することができた。

紘一がテーブルに近づくと、佐々木は腰を上げ、会釈をした。

「柏原と申します。本日はご足労いただきまして」

紘一が手を出して握手を求めながら挨拶した。

「こちらこそ。情報をいただけるのはありがたいですから。申し遅れました、佐々木と申します」

公立中学の校長を定年で退職し、悠々自適の生活の傍ら、新宿戸山の人骨についての調査や身元確認を求める中国の方たちなどの手伝いをしているという佐々木は、親しみを感じさせる笑顔を浮かべて、紘一の手をとった。

彼らは自身で遺骨の調査を進める一方、新宿区に対して遺骨の早期火葬はしないこと、区と国に対しても、遺骨に関するきちんとした調査を経て、身元の判明しそうなものがあればできるだけ精査を進め、できれば遺骨は遺族に返還すること、などを求めていた。

「早速ですが、こちらが今まで私が手に入れた資料です。時期的にまだ一般公開されていないものもありますので、取り扱いには慎重を期さなければならないことになります。公開されているものを中心に、非公開のものは参考程度に役立てていただければ、と思います」

そう言うと、紘一は大きめの紙袋一杯のコピー資料を渡した。

「まだまだあるのですが、お役に立てそうであれば、会のほうへ直接お送りいたします」

「かたじけない。これで調査も進展が望めるかもしれません。遺骨の直接の身元が判明しないままでも、何が行なわれ、どうして新宿の地で地中深く埋められることになったか、についての日本の歴史上の闇に少しでも光が当てられるなら、と思います」

「そうですね。歴史検証は非常に重要なことです。世間に知られている歴史などは真実のほんの一部にしか過ぎない。むしろ捏造であることのほうが多い。我々は歴史から学び、過ちを繰り返さないようにしなくてはいけない」

「先の大戦後の日本のアメリカ隷属の状況に、ほとんど疑問を抱かせないような情報操作と教育が、戦後数十年にわたって行なわれてきた。その結果が今の、自分ではものを考えることのできない若者や、贈収賄に明け暮れる三流政治家の山になって反映されているわけです」

紘一は苦笑を浮かべながらうなずいた。

「公立学校の管理職に就いていらした方とは思えないご発言ですね」

「奉職していた間は何も言えませんよ。考えもしません。考えると現状との板挟みで神経がやられます。退職してやっときちんと考えられるようになりました」

「そういうものでしょうね。私の母は東京大空襲で焼け死に、父は南方の戦地で行方知れず、恐らく戦死しています。姉は満州で死にました」

紘一はさすがに姉が七三一部隊の看護婦として働き、終戦間際、実験に使用した細菌による感染症で亡くなったのだ、とは言えなかった。

「そうでしたか。アメリカに対する恨みは私などより数倍深そうですね」

紘一はまたしても自嘲気味に話した。

「まあ、戦後の浮浪児だった時代に初めて暖かい寝床や充分な食事を与えてくれたのは、ＧＨＱともつながりのある民間の養護施設でした。その後、二人の息子さんを特攻と空襲で亡くした印刷工場の社長に拾われました。家に住まわせてくれて、夜学と二部でしたが、中学、高校、大学と学校へも通わせてくれました。こうやって生きていられるのも印刷屋の親父さんのおかげなんです。親父さんも奥さんももう数年前に亡くなってしまいました。何一つ恩返しできませんでした」

「それはいい人達に巡り合えましたね。あの頃は自分達が食べるだけで精一杯の時代でしたから、とてもできることじゃありません。こうやって無事に生きていらっしゃることが何よりの御恩返しだと思いますよ」

「そうですね。感謝しかありません」

ことばを噛みしめるようにしばらくの間があった。

「連絡先は変わりませんから、何かご質問やご要望があればいつでもご連絡ください」そう言うと、紘一は佐々木と握手を交わし、席を立った。

＊

しばらくして、中国黒竜江省ハルピン市平房区の旧七三一部隊の跡地を整備、一部の建物を復元して「侵華日軍第七三一部隊罪証陳列館」として、当時の資料や写真、実験のようすを模した模型などを展示して、旧日本軍の悪事を検証している組織とも連携した中国国内の調査があり、七三一部隊の犠牲者となったと思われる幾人かの人々の遺族が判明した、と佐々木さんから連絡があった。

戦時中、日本の憲兵隊に連行され、そのまま行方の知れなくなった多くの中国人の中で、憲兵隊の名簿に特別移送＝「特移」扱いとなって名前の記された人の中に夫や父、叔父などの名を見つけた人達がいる、という。

そして、聞き取り調査から得られた結果を郵送してくれた。

●七三一部隊犠牲者の記録

一．中国東北部在住の王某さんは昭和十八年の十一月、日本の敗戦色がいよいよ濃くなってきた頃、家族で夕食を摂っていると、突然入り口の戸を開け憲兵隊が軍靴のまま上がりこんできた。そのまま彼女の父を引きずるようにして外に連れ出すと、彼らの乗ってきたトラックの荷台に投げ込むように載せて連れて行ってしまったのだという。当時確かに王さんのお父さんは、村に残された働き手の男達と何度か会合を持っていた。日本の劣勢は明らかであり、ソ連の参戦も間違いないものになってきた当時、何とか持ちこたえ、ソ連の侵攻のある時には機を同じくして立ち上がろう、と励ましあっていたという。

二．敬某さんは、夫や叔父、叔母などとともに牡丹江で、日本軍の情報を無線でソ連軍に流す諜報活動を行なっていた。無線機を捜索に来た憲兵隊に連行され、七日間拷問を受けたが自白せず釈放された。敬さんは釈放されたが、同じ頃に逮捕された夫や叔父は、とうとう解放されず行方知れずになってしまった。そして、戦後、ハバロフスク軍事法廷に提出された証拠書類の憲兵隊日誌に夫、叔父の名前とともに、一緒に活動していた男たちの名前を発見した。

三．昭和十四年六月十二日、第二次ノモンハン戦争で日本軍に捕らえられたソ連紅軍兵士の白ロシア人ドムチンコは西北保護員収容所へ送られた後、昭和十五年以降はハルピンの香坊保護院収容所に移され、厳しい拷問を受けたが、拷問に屈せず、七三一部隊憲兵室の人間に引き渡された。……等々、被害者の姓名が判明した件数は五十九件あった。

それぞれが七三一部隊で犠牲になったと思われる根拠は、彼、彼女らの名前が牡丹江憲兵隊の日誌に特移（特別移送）扱いとされた囚人として名前があり、特移扱いとは、すなわち七三一部隊のある平房への移送を意味していたからだ。

他に、一旦は「銃殺になるから遺体を引き取りに来るように」とハルピンの憲兵隊の中国人通訳から家族が連絡を受けながら、行ってみると、「銃殺にする計画は変更になり、元々の計画に沿って送り出された」、と言われた。その後どこへ送られたのかは不明のまま、という人もある。

当時七三一部隊に所属し、終戦時日本に帰り着いた元七三一部隊少年隊二期生Mの一九九一年九月に大分で行なわれたインタビューの記録では、平房の七三一部隊の広大な敷地に隣接して設けられた飛行場に、本来は爆撃機である呑龍が夜中にマルタをのせ着陸してくるのをかなりの頻度で目撃していたという。他の証言ではその飛行機でマルタが輸送されてくることも、マルタをどこかに輸送するために載せることもあったという。

昭和二十年八月九日、ソ連軍がソ満国境を越えて関東軍と戦闘状態に入った、という連絡を関東軍から直接電話で受けた朝枝繁春中佐が、七三一部隊の実態の証拠がソ連軍に渡れば、天皇にまで類が及ぶと考え、参謀総長の命令として一切の証拠隠滅を指示するために、立川の基地から満州に向け飛び立ち、新京の飛行場に降り立った飛行機も呑龍だった。呑龍は東京と満州の往来に頻繁に使われていたということだ。

新宿戸山の白骨はやはり、七三一部隊絡みのものではないのだろうか。

人骨の解剖所見から、骨は日本人以外のアジア系の複数の人種が含まれるらしい。骨に残された損傷の形態からも単なる外科的治療後の白骨ではありえない。

紘一は新宿戸山の人骨の由来をはっきり見た気がした。そして新宿戸山の陸軍軍医学校で行なわれていたことを垣間見た気がした。

*

紘一が新宿の人骨についての身元調査を求めている市民団体の幹部と接触を持つようになってから、紘一の周辺には不穏な影が付きまとい始めた。はじめは気のせいかとも思ったが、気にし出すとそれはもう紛れもない事実だと思えるようになった。

道を歩いているだけでじっとりと汗ばんでくる季節になったある日の夕方、紘一の自宅マンションの近所を散歩していると、背後に視線を感じた。人間の五感というのは不思議なもので、後ろに目がついているわけではないのに、誰かの見つめる視線を感じることがある。視線に温度があるように。全身の皮膚にその温度を感知するセンサーがついてでもいるかのように。

紘一は歩調を速め、少し人通りの多い道路まで出てきた。背後に感じていた視線の熱感はなくなっていたが、代わりに圧力のような人の気配を感じるようになっていた。

（尾行《つ》けられてるな。俺の調査もとうとう目に余まる範疇に入ってきた、ということか）

紘一は、今後はできるだけ人通りの多い通りを選んで歩くことにしよう、とりあえず食事を摂って、これからについて考えよう。そう思った。

8　満州での出来事

群馬県の北東部に位置し、新潟、福島、栃木県と境を接するK村は、関東唯一の特別豪雪地帯で冬場にはスキー客で賑わうが、夏場は比較的静かな山間の村である。

大陸から引き揚げた後、戦後この地に医院を開業し、ひっそりと暮らす山村元一という元軍医がいた。

新聞でその第一報を目にした瞬間、山村は不気味な予感に襲われた。

しかし、大方の人間にとっては、その記事は内容を把握するとすぐに忘却の彼方へと深く沈潜していく類の報道であったろう。しかも、続くべき第二報はなぜかなく、その後、このことについてメディアが取り上げることはほとんどなかった。だが、山村にとっては四十三年間忘れようとして果たせなかったある記憶が怒濤の如く湧き起こる記事であった。

一九八九（平成元）年七月二十二日、東京都新宿区の厚生省（当時）国立予防衛生研究所建て替え工事の建設現場、すなわち、旧陸軍軍医学校跡地より三十五体の人骨が発見された（後に発掘された人骨の詳細な調査により、実際は百体分を超える人骨であったとされる）。

このことは山村の人生の根幹に関わるものであった。

＊

昭和十五年六月。

山村は、後に細菌戦部隊として知られる満州第七三一部隊の母体である陸軍軍医学校防疫研究室に属していた。

陸軍軍医学校防疫研究室は東京都新宿区戸山の陸軍軍医学校の一郭に、昭和七年四月一日、細菌兵器の必要性を熱心に説く当時三等軍医正（少佐相当）であった石井四郎の提言により発足していた。

武蔵野台地のほぼ中央。梅雨の鬱陶しい季節もまだこれからが本番という頃であった。世の中は戦時色がいよいよ強くなり、自由などそんなものがあったことさえ忘れられていた時代である。

「軍医少佐殿」

顕微鏡を覗いていた山村は声のしたほうへ向かって顔を上げた。当番兵が気を付けの姿勢で戸口に立っていた。

「どうした?」

「中垣大佐殿がお呼びです」

「今行く」

山村がそう答えると、当番兵はふたたび敬礼をして去って行った。

山村が、中垣大佐、すなわちこの研究班の部隊長である人物の執務室に入り、許されてその軍人の直前まで進むと、直立不動の姿勢で敬礼した。

その軍人は山村に、

「大陸での状況はいよいよ切迫している。かねてより進めている作戦を実用に供すべく、より現実的な段階に移さねばならん。大陸よりこの十五日に呑龍(一〇〇式重爆撃機の愛称)によって、満州で調達されたマルタと、現地で行なわれた実験の標本と実験記録、部隊の稼働状況の報告書が運ばれてくる。マルタ収容について厳重に準備をしておくように。また、このことは最重要機密となるから詳細に関しては決して他言無用である。了解すれば退出してよろしい」

そう告げた。

（いよいよだな）

山村は再び無言で敬礼すると、大佐の執務室を辞した。

自分の研究室に戻った山村は、軍医として彼の下に仕える佐伯中尉を呼んだ。

「お呼びでしょうか」

「例の件がいよいよ具体化する。十五日にマルタが到着するそうだ。関係方面の手配をしておいてくれたまえ」

六月十五日。梅雨の合間の、まさに五月晴れとはかくあるべしというように晴れ渡った日であった。

その日の夕刻、飛行場で呑龍から降ろされた五人の捕虜すなわちマルタたちは、さらに軍用トラックに乗せられ、一旦基地まで運ばれた後、人物と書類の照合などが行なわれ、深夜、新宿戸山の陸軍軍医学校に移送されてきた。

彼らは中国東北部において関東軍により捕らえられた反日運動にかかわる中国人三人と朝鮮人一人、大柄なロシア人一人の五人であった。

彼らが陸軍軍医学校の中庭にトラックから降り立った時、手足を鎖で固定され、腰縄を打たれていた。さらにその腰縄で一列に繋がれて行進させられ、軍医学校敷地内の防疫研究室へと連れて行かれた。彼らは一様に憔悴しきったようすだったが、目だけは、不安と、猜疑心を含んだ怒りのためにギラギラした光を発していた。

佐伯中尉は、まず彼らマルタたちの身長、体重、血圧、脈拍数などの一般的な計測を行ない、人種、健康状態、過去の疾病の罹患状況などについて詳細に観察、記録した。

佐伯中尉自身、今後彼らの身の上に起こるであろう事柄をはっきりと認識しているわけではなかった。ただ、容易ならざる厳戒態勢のもとで、尋常ならざる計画が実行されようとしていることだけは想像できた。それほど今回の計画は非現実的、非人道的で悪魔的でさえある。だが、この時点での佐伯にとって、この計画にはどこか現実味がなく、軍医として与えられた命令を忠実にこなすことが第一義というのが本当のところであった。

しばらくの間、マルタたちの日常は犯罪受刑者のそれとたいして変わりなく、起床から就寝まで厳しく管理された。一般の受刑者と違うところは、個々の体力測定がなされ、日々の基本的な健康状態が逐一記録され、把握されるということだった。

*

「どうだ、今回報告された満州での実験結果は？」
山村の研究室をふいに訪れた中垣大佐が声を掛けると
「これは中垣大佐殿」

立ち上がって敬礼してから、今まで山村が検討していた資料を示して答えた。

「ご覧のようにチフス菌を直接飲用水に混入して与えた場合には、マルタはかなりな重症度で発症いたしますが、広く環境中に菌が混入された場合には、軽度の下痢が発症するか、多くは発病しません。これは、環境中に放出されたチフス菌が速やかに死滅、あるいは弱体化するためか、環境中で発病に足る一定濃度を保つことが困難なためではないかと推察されます」

「ふむ。すると実戦には効果が望めないと言うか」

「現段階ではそのように心得ます」

「実戦に供するためにはどのような改善点が考えられるか」

「まず、菌を環境中に放出する際、安定した感染力をもったまま有効な濃度が保たれていることを担保しなくてはなりません。そのため保管時の温度管理などのための菌搬送のための容器、放出の際に菌にダメージを与えないための手段、放出場所、細菌爆弾として使用するための火薬の最適な調合と、菌と火薬を入れ爆弾とするための容器の開発などなど、さまざまな条件を踏まえた実験を重ねなくてはならないと存じます」

「ふむ。実戦に用いるための器材の開発が必要だな。実戦に即した細菌爆弾の外筒の材質、形状、大きさなど、検討するための班を強化させよう」

そういうと中垣は部屋を出て行った。

中垣が十分部屋を離れたと思われる頃、佐伯が山村に訊いた。

「軍は本当に細菌戦を行なうつもりなのでしょうか」

「実戦に耐えうるような強力な毒性と耐久性を備えた細菌を扱うことができるようになれば、具体化するだろう」

「イ‐38株はどうなのでしょうか」

「ああ、あれなら十分な菌量が得られれば実用に耐えられるだろう。ただしあれは、本来の意味で細菌とは言い難い面がある。培養もままならん。サルなどの極めてヒトに近い種か、ヒト自身でなければ株自体の維持すら困難だ。マルタの入手はチフス菌による細菌戦のための基礎資料をそろえるためということと、それ以上にあの株の維持、継代の目的も大きい」

「左様でしたか」

「かの株の維持と増殖、及び生物学的特性について極めることができれば、単に兵器としてだけでなく、純粋に医学的な大業績となるだろうな」


この時代にウイルスという概念はなかった。

確かにタバコモザイク病の病原体が、一八九二年、細菌よりはるかに微小で、素焼きの濾過皿を透過するところから filterable virus すなわち濾過性の毒液と表現されたのが初めである。同ウイルスの結晶化は一九三五年、さらに培養の成功にいたっては、一九五二年の細胞培養法の確立まで待たなくてはならない。

しかし、今日の常識からすれば、ここで言われているイ‐38株とは、病原性を持ったウイルスに他ならないであろう。

「こんにちは」

戸口で明るい声がした。中垣大佐の十六歳になる姉娘、富子だった。振り返った二人に富子は屈託なく笑いかけると佐伯のほうに歩み寄った。

「ねえ、お父様ご存知なくって？」

「ただ今までこちらに居られましたが、今は執務室のほうかと存じます」

佐伯が答えた。

「そう。あそこは嫌い。暗いし、戸口にいるお当番さんが怖いんだもの」

富子にそう言われて佐伯は、どうしたものか戸惑っていると、

「連れてってておやり」

やり取りを聞いていた山村が佐伯に言った。

この娘は佐伯に一緒にいてもらいたいのだ。部隊の最高権力者である大佐の娘が当番兵など怖かろうはずがない。この暗い御時世に青年将校に淡い恋慕の情を寄せるなど微笑ましいではないか。そう思うところが、元はといえば医者である山村と、他の根っからの職業軍人達との違いである。本来は医学の研究に没頭できていたはずが、軍律に汲汲と縛られている科学者のささやかな抵抗で

もあっただろうか。

「では、失礼いたします」

固い挨拶を残した佐伯と対照的に、娘は嬉々として部屋を出て行った。


並んで歩きながら富子が話しかけてくる。

「佐伯さんは今のお仕事どうお思い？」

「と、申されますと？」

「戦争が好きかってこと」

「そのようなことは考えも及びません。ただ日本国のために全力を尽くすのみです」

「本当にそう思ってらっしゃるの？　だってあなたは病気の人を助けるお医者様でしょう？　それが人殺しを助ける研究をしているのだから疑問を感じてもよいと思うわ」

「めったなことをお口になさってはいけません。お父上様のお名前にも障ります」

「あら、ここはお父さまのお庭みたいなものでしょう？　お父様のお庭で娘が何を話そうと、だれも咎めることはできないわ」

「この時世では、いたるところに監視の眼があります。さあ、着きました。当番兵には私が声をかけますから」

富子は不満そうにしながら大佐の居る部屋に入って行った。

「なんだね、また母さんと喧嘩でもしたか？」

「いいえ。お父様の仕事ぶりをスパイに来たのよ」

富子はいたずらっぽく言った。

「冗談はよしなさい」

「ねえ、細菌の株ってどういうこと？　マルタで培養ってどういうこと？」

「誰がそんなことを言った？　そんなことは口にしてはいかん」

「誰でもないわ。聞こえちゃったんですもの。ごめんなさい」

富子はなかなか利発な娘である。先刻、山村の研究室の前で聞きかじった佐伯と山村の会話の断片的な事柄を頭の中で組み立てて一つの結論を導き出したのだが、佐伯たちのことを慮ってそのことは言わなかった。

「実験室の連中か。軽はずみな奴らだ。今言ったことは決して口外するでない。忘れてしまいなさい」

佐伯の顔を見に来たのだとも言えず、富子はしばらく父の部屋のあちこちをいたずらしていたが、大きくため息をつくと、帰宅すると告げ、富子が苦手だという当番兵に送られて部隊を後にした。

「富子さんと何かお話ししたか？」

実験室に戻った佐伯に向かって山村が尋ねた。

「いいえ、何も」

「そうか。お前はどうもお嬢さんに好かれたようだな」

「とんでもありません」

そう言いながらも、佐伯も内心、心が浮き立つものがないでもなかった。


「軍医中尉殿」

大橋軍曹が実験室の佐伯のところへやってきたのは、それから一週間ほど後のことであった。

「ご報告していた通り、七月に入ってから、38号が連日のように高熱を発していましたが、下痢もいよいよ重症で、発疹を伴い、今朝から意識も定かではなくなっています」

イ‐38株の宿主となっていた四人の様子がおかしいというのだ。七月も半ばとなって武蔵野の台地には猛暑の気配が漂い始めていた。佐伯も毎日のように38号マルタのようすは観察し、二～三日前からその消耗は激しく、容体の悪化は懸念されていた。それがとうとう今朝からは意識が朦朧《もうろう》としてきた、というのだ。

佐伯はすぐに診察に行くと告げ、大橋軍曹を返した。

診察を終えると佐伯は考えた。

このままでは保菌者は死亡してしまうだろう。亡くなる前にイ‐38株を新たな宿主に接種しなくてはならない。これまでは死刑が確定した囚人を犠牲者に選び、継代株の番号をとって38号と呼び習わしてきたが、そうたびたび受刑者の獄中死があったとするわけにもいかない。新たなマルタが必要となるだろう。

佐伯から報告を受けた山村が38号の診察を行ない、佐伯を促し退室しながら、独り言のように言った。

「もうだめだな。至急マルタを準備させて株の継代をしなくてはなるまい。同じ血液型の体力のある頑強なのを用意させてくれ。万が一に備えてマルタ二本に接種する」

「わかりました。血液型などの適合した候補のマルタはこういった事態に備え、すでに準備してあります。継代に向け至急手配いたします」

やがて憲兵により準備されたのは、スパイ容疑で逮捕されたロシア人捕虜と反日活動を企てたとして連行された満人であった。

このようなことはもちろん許されることではない。戦時体制下では一種の集団催眠というか、群集心理というか、国民全部が洗脳を受けたように異常な精神状態になっている。まれに正常な精神を保っている者が、かえって非国民と非難される。

この非人間的で猟奇的な行ないに、佐伯も人間として躊躇を禁じえなかったが、この異常事態下では、上官による命令は絶対であると同時に、それ以上に佐伯は医学者としての純粋な好奇心に突き動かされてもいた。

佐伯は山村に指示された通りに、瀕死の38号から血液を採取し、それを生理食塩液で十倍に希釈したものと、二十倍に希釈したものを準備、それぞれの1ccを、鎮静剤により朦朧としている、新たに38号となるべき二人のマルタの右腕の正中静脈にゆっくりと注入していった。

接種するウイルス量が多すぎればマルタは死亡し、少なすぎると感染が成立しない。抗体を産生して回復するために最適な抗原量の見極めもこれまでの大事な実験主題でもあった。

＊

新たに38号となった二人のマルタのうち、二十倍希釈の感染血液を注入された満州人のマルタは接種後数日して、微熱、倦怠感が出現し、さらに数日体温は上昇、高熱を発し、それと同時に全身の発疹、頻回の嘔吐、水様下痢に苦しんだ後、脱水と高熱によって意識が混濁した。乏尿となって感染の急性期を乗り切ることができず、発症から十日後、菌の接種から約二週間後に絶命した。

もう一人、さらに高濃度の十倍希釈の感染血液を注入されたロシア人のマルタは、感染血液の希釈液注入後一週間ほどして、全身の発疹と発熱、嘔吐、下痢を発症し、さらに数日苦しんだものの、死亡したもう一人の犠牲者よりも、より高い濃度の感染血液を注入されたにもかかわらず、持って生まれた体力、免疫力の差だろうか、数日後には発疹は消退し、嘔吐、下痢も治まり、やがて解熱した。

新38号となったロシア人のマルタはやがて徐々に食欲を回復し、それに伴って体力も回復していった。

屈強なロシア兵の肉体の中でイ‐38株はその strain（株）を継代されたということだ。二週間ほどすると、新38号は他のマルタ同様独房の生活に移され、さらに一カ月もすると、日課の中庭における屋外運動ができるまでになったが、他のマルタへの感染のリスクを考え、他の収容者とは時間差で運動を行なうなど、一定の距離を保つよう配慮された。

「山村少佐殿。38号の回復は目覚ましく、すでに屋外での運動が可能なまでになったと大橋軍曹から報告を受けております」

佐伯が山村に告げると、山村は満足そうに答えた。

「うむ。イ‐38株については、これでひとまず安心だ。だが、不測の事態に備えて、これまで同様観察と記録は怠らぬよう」

「心得ています」

ほかのマルタについては、新人の軍医の手術手技の習熟のために四肢の切断や腹部臓器の部分切除、摘出の練習台となったあと、頭部に銃創を加えられ、その回復のための手術が施されたが、不幸にして全ての命が失われた。

数カ月を生き延びた38号の血液は、定期的に新たに輸送されてくる数名のマルタに継代され、個々の症例の経過が記録された。

保菌者が複数になったということである。これで実戦に供することができるよう大々的に継代、培養する目鼻がついた。ただし、その大量培養を行なう場所は日本国内ではない。国内の防疫研究所で極秘に継代してきた新型の細菌を大量に増産するのは、秘密漏洩と、万が一感染事故や菌の漏出があった場合の感染拡大の危険を考えれば、日本国外にある厳重な警戒態勢を敷いた細菌戦研究施設でなければならなかった。

それこそが、大陸の満州はハルピンの近郊、平房に大規模に建設された防疫給水部であり、それを統括する関東軍第七三一部隊であった。

昭和十五年十月、38号は戸山の監獄のような収容施設で生活させられながらも生き延びていた他のイ-38株の保菌者と共に、いよいよ平房の防疫給水部へ輸送されることになった。

何重にも重ねて着けられたマスクや防護衣などで厳重に感染を防御されたイ-38株保菌者達と看護婦二名に佐伯、山村の他一名、計三名の軍医、護送の兵士三名は、輸送機に改造された本来大型爆撃機であった一〇〇式重爆撃機、通称呑龍に乗り込んだ。

数時間の飛行の後、平房の七三一部隊の広大な敷地に隣接した飛行場に呑龍が着陸すると、マルタ達は腰縄で繋がれたまま飛行機をおり、銃を携えた護送の兵士達と一緒に輸送用のトラックの荷台に乗せられた。

看護婦二人と佐伯は、部隊の中枢の建物に向かうため、軍の差し向けたジープに乗せられた。

ジープが走り出すと、看護婦の一人がマスクを下げ、可笑しそうに佐伯をみて笑った。あっけにとられた佐伯は一瞬我が目を疑い、しばらくはことばも出てこなかった。

やがて気を取り直すとマスクを取った看護婦に向かって半ば叱責するような言葉を言うと、その看護婦はまたころころと笑った。

「お嬢様、悪ふざけが過ぎます。ここは間もなく戦場になります。今だって、とうに戦場と言えなくもない。第一、中垣大佐殿はこのことを御承知なのですか。いや御承知なはずがない。ここは軍の極秘研究施設です。もし、このことが発覚したら、私も、山村少佐殿も無事ではいられない。いったいなぜ、こんなことを」

「だって、佐伯さんが満州に行っちゃったら、しばらくは帰って来られないでしょう？　だから、佐伯さんが満州に行くって聞いた時、もう会えなくなると思ったら悲しくて、寂しくて、たまらなくなって、それで、看護婦さんになってついてくることにしたの」

「そんなばかな……」

佐伯はしばらく絶句したあと、気を取り直して言った。

「呑龍は明日、いろいろな資料を積んでまた東京へ引き返します。お嬢様はそれに乗って東京へお帰りください」

「大丈夫。ちゃんと置手紙をしてきたから。それに看護婦さんとして雇ってもらうために、きちんと看護助手の試験も受けたのよ。ちゃんと合格したわ」

「いけません。お帰りください」

「嫌！　もう帰れないわ。帰ったらお父様に殺されるわ」

「だめです。そんなわがままを言ってはいけません。それでは私が大佐殿に申し訳が立ちません。それこそ割腹してお詫びをしなくてはならない。私の身を案じてくださるのなら、どうかこのまま明日、呑龍でお帰り下さい。呑龍の操縦士には私から伝えておきます」

「意地悪。わかったわ。もう、満州でも、ロシアでも、どこででも往き倒れて死んでしまうといいんだわ。大嫌い」

富子はそう言ってプイと横を向いてしまった。

やがてジープは七三一部隊の本部に到着し、衛兵のチェックを受けるためにゲート前で止まった。

イ‐38号株の保菌者達は、平房の七三一部隊本部の呂号棟にある感染防護上厳重に管理された区画の独房に収容され、一緒に呑龍に乗り込んできた軍医や看護婦たちは、七三一部隊の広大な敷地内の一画にある宿舎の一室をあてがわれ、それぞれの部屋に荷をほどいた。

翌朝、富子は飛行場には姿を現さず、佐伯は必至で探したが、とうとう見つからなかった。呑龍には新たな実験計画やこれまでの実験結果に関する資料、資材の他、それらの報告のためや休暇などで一時帰国する軍医や将校たちが乗せられ、出発の準備が整った。出発時間をむやみに遅らせるわけにはいかず、とうとう富子を乗せることなく、呑龍は東京へ向かって飛び立って行ったのだった。

昼過ぎ、先任の将校に案内されて施設のあらましの説明を受けた佐伯、山村のほか数名の新任の軍医及び将校たちが本部に戻り、内山大佐の執務室を挨拶のため訪室すると、そこに富子がいた。

佐伯はまたしても開いた口が塞がらなかった。

部隊長の石井は軍幹部との予算その他の折衝のため東京との往き来が多く、しかもハルピンにいる時でさえ、美食と酒肴に割く時間が多いので、いきおい部隊への出仕は夜半を過ぎてからということも珍しくなかった。

石井が部隊を不在にしていることが多いため、部隊長が留守の間は内山大佐が責任者として部隊の活動を取り仕切っていたが、その内山大佐の執務室で、富子は悠然と応接のために置かれた椅子に腰かけていたのだ。

佐伯はただ目を瞠《みは》っているしかなかった。

「休め」

内山が、立ったまま心持ち体の重心を移動させた軍医と将校たちに向かって徐《おもむろ》に口を開いた。

「君たちの任務は、実戦に用いうる細菌兵器の開発と生産、それに伴う実験の遂行と記録、結果の収集にある。ここで行なわれていることは、軍の最高機密に属することゆえ、決して口外してはならぬ。一刻も早く実用に耐える兵器を完成させること、それこそが我が大日本帝国を戦勝に導くと肝に銘ぜよ。では、即刻任務に就くように。解散」

佐伯たちは反射的に直立の姿勢に戻り、内山に向かって敬礼をしてから部屋を退出しようとした。そこでまた内山の声が響いた。

「佐伯。貴様は少し残れ」

佐伯は叱責を覚悟した。叱責で済めば御の字だ。営倉行も覚悟していた。

他の者達が部屋を出て行くと、内山は表情を和らげて佐伯に声を掛けた。

「貴様も富子嬢のことは気にかかっていただろう。東京の中垣大佐には連絡を入れておいた。貴様に対しては特にご立腹ではなかったぞ。今度のことは富子嬢の思慮を欠いた浅はかな行動だった、とお考えのようで、少しお灸を据えねばならん、と話しておいでだった。ただ、富子嬢のことは大変に心配しておられたもようで、事故なく、無事におられるように、目付として貴様がよく面倒をみるように、とのことであった。二週間後、大佐も当部隊を視察にこられる。その帰国時に富子嬢を東京まで同道されるが、それまでよろしくとのことであった」

「はっ」

佐伯は敬礼で答えた。

「では、下がってよろしい」

執務机の横をまわって佐伯の傍らまできた内山が、佐伯の耳元で皮肉とも同情ともつかぬ言葉を小声で言った。

「貴様も大変だな。とんだ跳ねっかえりに見込まれたものだ」

それだけ言うと戸口で待機していた当番兵を連れて部屋を出て行った。

ぽつんと残された佐伯は、いたずらが見つかった子供のような表情で椅子に坐る富子を見た。

富子は、ばつが悪そうに椅子から立ち上がって、佐伯のほうに近づいてきた。

「二週間すれば、お父様がいらっしゃるわ。あまり時間がない。それまで一緒にいられる？」

「無理です。私には任務がありますから」

「あら、あなたの目下の任務は私を事故なく、無事に面倒を見ることではなくって？」

先ほどの中垣大佐の言葉を伝えた内山大佐の言葉を逆手に取って、富子は言い募った。途方に暮れた佐伯は富子を促して、宿舎まで案内した。

女子用の宿舎の前まで来ると、富子が立ち止まり、また佐伯に言った。

「ねえ、実験室を案内してくださらない？　佐伯さんがこれから働く所を見ておきたいの。東京へ帰ってから佐伯さんのお勤めしている姿が想像できるもの」

「それはできません。いくら中垣大佐のお嬢さまとはいえ、ここの施設は軍の最高機密に属するものです。たとえ皇軍の幹部兵士といえども、みだりに内部に入ることは許されないのです」

「意地悪。いいわ、もう行く」

そう言うと富子は踵《きびす》を返し、佐伯を置いてさっさと宿舎に入って行ってしまった。

残された佐伯はため息交じりに呟いた。

(やれやれ、とんだお荷物を背負い込んだな。こうなったら、なんとか無事に二週間が過ぎることを祈るばかりだ)


ところが、ことはそれだけではすまなかったのだ。

五日後、富子は全身の怠さを訴え、佐伯のもとを訪れた。

微熱があるという。体中に小さな発疹ができている。佐伯は愕然とした。それは紛れもなく何らかの感染症の兆候と思われたからである。ここには発疹チフスやパラチフス、梅毒にペスト、脾脱疽に炭疽、あらゆる感染症と病原体、それらを媒介する昆虫や小動物がいる。感染症を持つ小動物が可愛いと近づき咬まれたり、動物を触った手で自分の目や鼻などの粘膜を触ったり、そのままの手で食事をしたりすれば確実に感染するのだ。保菌者となったマルタもいる。医師や熟練した看護婦のように、衛生観念と感染予防の知識と訓練のない、しかも人一倍好奇心旺盛で行動力のある富子が、不用意にこの感染症実験施設を歩き回れば、どういった事態に陥るかを予見し、もっと深刻に考え、予防すべきであった。

腸《はらわた》を切り裂かれるようなキリキリとした後悔の念が佐伯を苛《さいな》んだ。とりあえず上官の内山大佐に報告しなければならない。そしてさらに部隊長に上申して善後策を講じなくてはならないだろう。

富子の感染した病原体についても詳細に調べる必要があった。

喫緊の課題は富子を隔離し、立ち寄り先を詳しく聞き出し、感染経路を突き止め、さらに重要なことは、もう遅きに失したかもしれないが、他の部隊員、職員に感染が拡大することを防がなくてはならないということであった。

富子から採取した血液の詳細な細菌学的、生化学的検査から、富子の感染した細菌は、既知の細菌ではなく、あろうことかイ‐38号であることが強く疑われた。他の細菌感染の血清学的な痕跡がないからだ。富子はいったいどこでイ‐38号に感染したのだろうか。どこかでイ‐38号の宿主となったマルタと接触したのだろうか。

(馬鹿な。マルタの収容されている呂号棟の入り口には番兵がいて厳重な警戒をしているはずだ。そこを通り抜けて38号マルタと接触するなどありえない。いや、待てよ。富子は連隊長の娘だ。父親の名を出して無理を通すか。だが、命令は絶対だ。何人《なんぴと》も通すな、と厳命を受けている者が容易《たやす》く命令に背くだろうか。いや、軍律の厳しさが裏目にでることもあるか。連隊長の娘の命に逆らうのも一兵卒には難しいことかもしれない。それにあの富子だ。華のない軍施設において、弁舌が冴え、大輪の薔薇のような華やぎを備えた麗人、しかも父親の強権が控えている、そんな富子の術中にはまらない兵士がいるだろうか。恐らく、富子は呂号棟に侵入したのだ。そして38号マルタに接触し、感染したのだ。なんということ！　私は切腹ものだ）
思いは千々に乱れたが、そこまで考え至ると、佐伯は急いで呂号棟へ向かった。

二カ所の守衛詰所を通過し、呂号棟の前まで来ると、守衛の兵隊は佐伯に向かって敬礼をした。佐伯も答礼した。

「ご苦労。少し尋きたいことがある。一週間ほど前、正確には六日前の夜以降、ここを通って呂号棟に入棟した婦女子はなかったか？」

衛兵の表情にさっと緊張の色が走った。

「上申はしない。正直に答えて欲しい」

衛兵は言いにくそうにしていたが、やがて観念したように口を開いた。

「実は、六日前の夕方、中垣大佐のお嬢様だとおっしゃる方がどうしてもここを通らなければならない、お父上から施設運営の実態を秘密裏に探って報告するよう言われてきた。任務を邪魔するようなことはあってはならないし、口外も無用、と言われましたので、やむなくお通ししました」

「それで？　お嬢様はどこに行かれた？」

「はい。私はここを離れるわけには参りませんので、建物内のあらましを説明し、入室可能な所だけお教えしました。後で中の者に聞いたところ、実験室などいくつかの部屋を見た後、マルタの収容場所にも興味を示し、ロシア人のマルタの所を訪れたようでした」

「それを黙って許したのか？」

思わず咎めだてする強い口調になった。衛兵はビクッと体を硬直させ、怯えたような目で佐伯を見た。

「申し訳ありません」

衛兵は謝罪の言葉と共に佐伯に向かって敬礼をした。厳罰を覚悟したような表情の衛兵の顔は蒼ざめていた。

（間違いない。富子は38号マルタに接触したのだ）

佐伯は急いで本部へ取って返すと、内山大佐の執務室へ向かった。「入れ」の声を聞いてから佐伯は執務室の扉を開けた。

「どうした？」

「はい。大変な事態になりました」

「なんだ？」

「実は、中垣大佐のお嬢様の富子さんの御病状についてです」

「中垣大佐のお嬢様の病状？」

「今朝方、富子さんが倦怠感と微熱、全身の発疹がある、と私のもとを訪れました。どうも、マルタと接触し、感染したようなのです」

「なに？　確かか？」

「はい。たった今、呂号棟の番兵に確認しました。六日前の夜、富子さんは呂号棟を訪れ、まんまと中に侵入しています」

「なんと。それで感染源はわかったのか？」

「立ち寄ったところから察するに38号ではないかと……」

「それはまた、なんという失態だ。けしからん。当番に当たっていた衛兵を呼べ」

「お待ちください。衛兵のせいではありません。お嬢様が御父上の御命令を騙《かた》って無理やり侵入したもののようです」

「しかし、誰かが責任をとらねばなるまい。じき中垣大佐がここを訪ねて来られる」

「はい。承知しております。なんとか病状の回復をはかります。これまでも保菌者となったマルタは感染の急性期を過ぎると、平常時の体に戻るものが三割程度であることから、手厚い治療と看護によって病状の回復が得られる可能性も高いかと」

「うむ。頼むぞ。どうあっても回復していただかないとならん。さもなくば私と貴様の首が飛ぶだけでは済まんぞ」

「はい。申し訳ありません。全力を尽くします」

「それと、このことを知っている者は？」

「私と、呂号棟の当番兵、内山大佐殿と看護に当たらせている看護婦だけです」

「うむ。直ちにそれらの者に箝口令を敷くように。万が一情報が漏れた場合には全員に責任をとってもらう。その時は無事にすむと思わぬよう伝えておけ。それから、お嬢さんと接触した者たちは、菌の潜伏期の一週間ほど隔離せねばなるまい。移動した所は全て消毒しろ」

「は。了解しました。隔離と消毒はすでに指示しております。箝口令を徹底いたします」

「行け」

佐伯は内山大佐の執務室を出て、富子を休ませてある隔離病棟を訪れると、富子専任にした看護婦に尋ねた。

「お嬢さまのご様子はどうだ？」

「はい。高熱はあり、呼吸も浅く速いですが、脈は速いもののしっかりしておられます」

「うむ。若いことと、普段から滋養のある食事を摂られているせいで、体力、抵抗力ともに充実しているのだろうな」


ところが富子の容態は予想に反し悪化の一途を辿った。

高熱が続き、下痢、嘔吐も出現した富子は、皮膚は乾燥し、意識が朦朧としてきて、佐伯の問いかけにも次第に答えなくなっていった。

中垣大佐の訪れる前日の夜中に富子はとうとう息を引き取った。

内山大佐に報告に行くと、報告を聞いた大佐は色を失って、背もたれに体を投げ出すようにして

椅子に沈み込んだ。動揺しているのが見て取れた。しばらくしてようやく体を起こすと、

「このことを知っているもの達の監視を厳しく。接触したものの発病にも注意を払え。善後策については追って沙汰する」

そう言って、再び執務机の椅子にぐったりと倒れ込んだ。

（どうなるのだろう）

富子が息を引き取って数時間後の朝、中垣大佐が到着した。

内山大佐、殊に佐伯中尉は中垣大佐による激しい面罵を覚悟していた。次第によっては切腹しなくてはならないとまで覚悟していた。

中垣大佐にとって愛娘の死は筆舌に尽くしがたい哀しみであったろうが、戦争前夜、極秘の任務を帯びた部隊での事故は公にすることができるはずもない。悲しみと怒りを腹に飲み込み、内山大佐や佐伯中尉の失態を責めることはしなかった。富子との対面を終えると、感染源となりうる愛娘の遺体の速やかな火葬を命じ、その後、丸一日かけて施設内、翌日は施設周辺の環境、付近の住民の生活実態の視察をし、予定を終えると、富子の遺骨とともに東京へと帰朝していった。

その後もさらに数名の発病者が出て隔離収容されたが、それぞれが病状のピークをむかえたところで、それらの発病者は全員生きたまま解剖に付された。医学的見地からの必要性（そんなことは

全くありえない）というよりは、口封じ的意味合いが強かったのかもしれない。生体解剖された者の中には年端もいかない少年隊員や賄いの若い女性も含まれていた。

佐伯も悲しくないわけはない。戦争の足音がすぐそこに迫っている殺伐とした世の中にあって、富子の天真爛漫な明るさと溌剌《はつらつ》とした健康美は、佐伯にとっては戸惑いを感じながらも一点の救いであった。状況が違えば、もしかしたら一緒に人生を築けたかもしれなかった。唯一の小さな明るい希望が断たれたことで、佐伯は一層暗い任務に没頭するようになり、その後の数多《あまた》の記録に残る悪行に積極的に関わっていくことになる。

折しも、昭和十六年十二月八日、世にいう真珠湾奇襲攻撃によって日米開戦の火蓋は切って落とされ、戦線は南方へと拡大し、大陸での攻防も熾烈を極めた。物資の劣る日本では火器、銃器の供給にも限界がある。中将まで上り詰めた石井はいよいよ細菌戦の必要性を軍上層部に説き、七三一部隊の施設、人員拡充を成功させていった時期であった。

*

昭和二十年。

戦況はいよいよ悪化し、終戦間際、山村は、ソ連軍が黒竜江を渡った時点で、持ち出しを厳禁されていた自らが関わった研究資料の主な部分と共に爆撃機呑龍を改造した輸送機に乗り、いち早く東京へ戻っていた。

山村がそうであったように、七三一部隊幹部の多くは、部下に施設の爆破、資料の焼却、マルタの始末（銃殺や毒殺、その後の焼却）などの証拠隠滅と各人の秘密保持を指示して、とっとと本土へ逃げ帰った。資料の持ち出しを厳禁されていたにもかかわらず、多くの研究者（と言えるならば）たちは、脱出の際、実験の成果を記した資料を携えて帰国した。

帰国後ある者は、京都や金沢の国立大学、その他の大学へ戻り、七三一部隊で得られた研究（と言えるならば）成果、知見をもとに、それぞれの大学の教授はおろか医学部長や学長となり、日本医学会の重鎮となっていった。

またある者は、民間の研究機関や石井中将らの骨折りで、米国の研究施設及び政府機関、製薬会社などで成果を上げた。のちに血液製剤で薬害エイズというとんでもない惨禍を起こすミドリ十字という製薬会社も、創業者は石井中将の片腕と言われた内藤陸軍軍医中佐である。

9　発掘人骨と七三一部隊を追って

紘一は入手した資料を自分なりに整理し、七三一部隊の実態と、新宿戸山で発掘された人骨の来歴について、かなり事実に肉迫した著述を行なった。

実際に元七三一部隊員であった人とも話をすることができた。Kの石井さんに直接会ってうかがった貴重な証言も添えてある。

今や紘一の糾弾しようとするものは、新宿戸山の遺骨の正体のみに留《とど》まらない。七三一部隊が大陸で行なった非道についてだけでもない。

人間の尊厳に対する敬意の微塵もない戦争犯罪全般に対する非難の矛先は、日本陸軍が大陸で行なった戦争のみならず多くの非人道的犯罪はもちろん、敗戦後の連合国進駐軍のもとで営々と築かれた今の日本社会の基本構造の闇に向けられている。

長年戦後の昭和史に残るＧＨＱ、あるいは政府の思惑が絡んでいると思われる事件についての調査と取材を行なってきた紘一には、そのからくりが手に取るようにわかるのだ。

新宿戸山で発見された遺骨についての紘一の推理はどのように公表されればよいか。どうすれば効果的に日本社会に潜む危うさを多くの人々に気づかせることができるか。それが目下の命題だった。


紘一はフリージャーナリストとして得られた知己を頼って、主にノンフィクションやドキュメンタリーを扱うあるインディーズ系の出版社を訪ねた。

その出版社、時空社の建物は文京区本郷にあり、飯田橋と水道橋の駅とを結ぶ線を底辺とする三角形の頂点に当たる辺りにあった。古い五階建てのビルで、道路から向かって右側に細い階段があり、表示板によると、目指すオフィスは四階にあるようだった。階段を上り、四階の踊り場近くの左手にあるドアを開けると通路があり、その左側に三つほどドアが並んでいた。どことなく昭和の香りのする通路の真ん中、ドアの上に編集部と書いたプレートが直角に突き出ていた。それはどこか学校の廊下にあった校長室のプレートを思わせた。ドアをノックして、返事を待たずに開けてみた。ビルの外見の沈滞した雰囲気から得られた予想に反して、編集部と書かれた部屋の中では、熱気を帯びた十名ほどの編集者たちが忙しく立ち働いていた。

部屋の奥を見渡して、島状に並べられた編集者たちの机の間をぬって、一番奥の机に陣取る編集長らしい男の前まで進んだ。紘一が名乗り、来訪の趣旨を告げると、彼は満面ににこやかな笑みを浮かべ、握手の手を差し伸べてよこした。

「『歴史の忘れ物』編集長の賀川と言います」

「柏原紘一といいます。このたびはお時間を割いていただきありがとうございます」

「何か出版をお考えの企画がおありだとか?」

紘一はさっそく本題に入った。

「七三一、ご存知ですか?」

「旧陸軍の七三一部隊のことですよね。ええ、もちろん、知っています。第二次大戦中、大陸で暗躍した細菌戦部隊ですよね」

「数年前の新宿戸山の国立衛生研究所建て替え工事の現場から発見された人骨についてもご存じですか？」

「新聞記事以上のことはわかりませんけれど、確かにそんな事例がありましたね」

「国立衛生研究所は、旧陸軍軍医学校の跡地に建てられたものだということもご存じでしょうか」

「ええ。出版業に携わるものとしては、最低限のことは知っています」

「では」

紘一は、そこで一呼吸置くと、また、おもむろに話を続けた。

自らの生い立ち。

すなわち、自分は戦争孤児であること。焼け野原にバラックが立ち並び、上野駅の地下道や上野恩賜公園、浅草などには浮浪者の溜まり場ができていた。焼け出されて家族を亡くした者もそうでない者も必死で生きようとしていた。そういう人々に混じって、浮浪児となって、何とか食い繋いでいたこと。ＧＨＱの意向に沿って政府が行なった数回の浮浪児狩りで施設に収容されたものの、何が気に入られたのか、ある日金持ちの篤志家が運営する戦争孤児たちの収容施設に移されたこと。その施設ではＧＨＱの影が感じられ、どうしても馴染むことができず折をみて抜け出したこと。その後印刷工場の夫婦に拾われ、印刷工として働きながら夜学に通い、それが縁で曲りなりではあるけれど、フリーライターとして生活していること。ただ、社会問題を正面から取り上げる仕事はなかなかできていなかったこと。

しかし、新宿戸山の人骨の発見があり、先の大戦と終戦後の社会問題への興味からアメリカ公文書館にある資料まで調べたこと。調査の過程で七三一部隊員だった幾人かの方から直接聞いた話から、新宿戸山で発見された人骨は七三一部隊に関連した遺骨ではないかとの確信を深めたこと。新宿区では、戸山で発見された人骨を早急に茶毘に付し、埋葬しようとする警察に対し異を唱えて、茶毘や埋葬を遅らせる運動をしている有識者を含む団体があり、その責任者と接触していること。旧満州で七三一部隊の犠牲になった中国人被害者の人たちの行方を調査し、お骨の返還を求める遺族の方たちを支援する弁護士などの団体とも連絡をとっていること……。紘一の人となりも含めて、これまでの調査の経緯に関することを一通り話した。

賀川は紘一の話に引き込まれるように聞き入っていた。紘一の話を聞き終わると、待っていたかのように質問を始めた。

「僕に連絡をくださったということは、柏原さんは今のお話を世に出したいとお考えなのですよね。どういった形での公表を望まれますか?」

「お話ししたいことというのもまさにそこなんです。多くの人びとの目に触れ、しかも興味を持ってもらい、理解される。そうならなければ、これほどの闇は文字通り闇の中のまんまなんです。目に留めて、興味を持って、しかも、もっと知らなくてはいけないと思ってもらうにはどうしたらいいでしょうか?」

「そうですね……。やっぱりドキュメンタリーとして発表するのが一番いいと思います。題名や見出しは奇抜なものにしても、内容はオーソドックスに。淡々と事実を積み重ねていく。随所に写真など、多少過激であっても目を引くものを配する。でも内容は淡々と」

「そうですね。私もそう考えます。だからノンフィクション、ドキュメンタリーの雄として実績のある御社をお訪ねしたわけです」

「光栄ですね。重くて大きなテーマです。発表されると差しさわりがある人達がまだまだ現役で政財界、学会に君臨している。ちょっと腹をくくらなければできない仕事ですね」

「怖いですか？」

「いや、むしろ闘志が湧きます。わくわくしますよ。ただし、すんなりと発表にこぎつけられるか、そこが問題だと思います。内容が発表前に漏れた場合、どこからか横やりが入るかもしれない。いかに迅速に仕上げ、発表するか。取り上げてくれるメディアがあるか。慎重に進めないといけませんね」

「では、お力を貸してくださいますか？」

「もちろんです。むしろこちらからお願いしたいところです。直接取材された柏原さんが執筆し、それをこちらの編集者が編集する、ということでどうでしょう。注目される作品を完成させるノウハウのいくらかは持ち合わせていますので」

「それは心強い。大変ありがたいお言葉を頂戴できました。ではよろしくお願いします」

後日完成した原稿を社に持参するということで、その日は時空社を後にした。

翌日から柏原の自宅は作業場となった。

あらかじめ書き溜めておいた原稿に、すでに先人によって出版されている著作や雑誌の特集記事などの情報を加味して肉付けしていった。

芯となるのは、やはり直に話を聞いたKの石井と名乗る老人の告白だろう。軍属として渡満した者が、所属部隊の内側からみた関東軍第七三一部隊に関しての生々しい証言。死を目前にしてもはや何も懸念することはなく、また死が近いからこそ話しておかなければならない、と思ったその言葉には真実の重みがあった。

他に既出の著作の中でも、やや石井中将寄りではあるが、だからこそ書くことのできた七三一部隊とそれを取り巻く人々の日常と、敗戦色が濃くなって部隊が撤収する時の慌ただしく、怖ろしい実際の様子、日本に引き揚げてからの石井中将はじめ、その他の七三一部隊幹部の戦後の動向などについて、幹部に近いものでなければ書けない内容の、Gという女性軍属の記録も大いに参考になった。そして、この著作を行なうきっかけになった新宿戸山の旧陸軍軍医学校跡地から発見された百体を超える人骨についての考察。

これらは、先の大戦についての記憶が社会から薄れていき、歴史を語り継ぐ者たちが死に絶えんとする今だからこそ、白日の下に晒さなければならない負の遺産なのだ。紘一は執筆と推敲に没頭した。

*

編集作業が順調に進みだした頃、思いがけない人物から連絡が入った。

山科医科大学名誉教授の西田修介だった。

「ご無沙汰しております。お電話をいただけて光栄です」

「こちらこそ。実は他でもない、戸山の人骨について、もしかしたら私よりも詳しい経緯を知っていそうな人物に思い至りましてね。というか、最近その人物と、さる学術会議で偶然再会したのです」

「それはどういう……」

「私の七三一時代の二つほど後輩になりますが、佐伯というのが呑龍で何回か東京と平房を往復していました。佐伯も含めて我々は終戦間際、施設の破壊工作、資料などの証拠隠滅に当たっていたのですが、我々よりほんの一足先に呑龍で東京へ行ったきり帰隊せず、そのまま東京に残って終戦を迎えたはずです。彼なら戸山の人骨について何か知っているかもしれません。彼は、平房と東京との往来が頻繁でしたから、戸山の遺骨については私よりずっと詳しいと思います。むしろ、その渦中にいたと言ったほうがいいかもしれない」

「その方は今どちらに？」

「うん。少し込み入った話になるので、会って直接お話ししたいと思うが。近々私は上京する用事があってね、今週末、時間を作っていただけまいか」

「もちろんです。ありがたいです。では、さっそく手配します。お時間とお泊りのホテルは？」

「土曜なら何時でもいい。ホテルは日比谷です」

「わかりました。場所と時間は後程お知らせいたします」

紘一は電話が切れると、さっそく取材で何度か利用したことのある料理店に個室での予約を入れた。

10　七三一部隊と現代の生物兵器、ウイルス兵器、ワクチン

約束の時間の十五分前に料理店に着くと、西田はすでに部屋で待っていた。座卓の背もたれに背中を預けて、寛《くつろ》いでいたようだった。

「お待たせしてすみませんでした」

「いやいや、年寄りだから時間を持て余してね。おかげでゆっくり休ませてもらったよ」

向かいの席に腰を下ろすとおしぼりとお茶を運んできた仲居にビールを注文した。

改めて挨拶をすると西田は嬉しそうに紘一の手を取った。

「なぜか他人の気がしなくてね。お会いするのがとても楽しみだった」

戦後半世紀近くもの長い間、自分一人の胸に納めてきた暗い過去を始めて共有できた、しかも身内と言えなくもない同世代の人間と腹を割って話せるというのは、人生の終末に近づきつつある人間にとって、心安んじる瞬間なのだろう。

一通りお互いの近況報告などが終わると西田は本題に入った。

「さて、電話で話した人物についてですが、彼とは、以前にも、終戦後十五年ほどしてある学術会議でたまたま一緒になったことがありました。まあ、テーマが〈ストレスに晒されたときの人体の変化〉みたいなことでしたから、たしかに七三一当時の医者の守備範囲と重なるところがあり、ちょっとした同窓会的な集まりになっていましてね。そこで二言三言、言葉を交わしました。彼は平房時代の経験と実験の成果を生かして戦後アメリカの研究機関に奉職し、そこで生物兵器や毒ガス兵器の開発、製造に従事していたんじゃないかな。もちろん、はっきりとは言いませんでしたよ。でもわかるんです。平房時代の彼の業績、と言ってよければですが、それから彼の人となりからすれば当然だ、と妙に納得したものです」

そこで仲居が冷えたビールを運んできて、それぞれのグラスに注いでから部屋を退出するまでの間、会話は中断された。

西田は、白い泡と黄金色の液体が絶妙なバランスで注がれたビールを口にしてからまた話し始めた。

「彼は戦後アメリカ暮らしが長かったのですが、現在は外資系製薬会社の日本支社の顧問をしている、と風の便りで耳に入っていました。海外へ渡航していることも多いようで、先日偶然会った時も、まだまだ現役ばりばりという感じのオーラを纏っていましたよ。NTE社、ご存知ですか？」

「いや」

「NTE社は、本業の製薬部門の他に、さまざまなワクチンの開発、製造、販売などを手掛ける部署を持つ会社なんですが、少し黒い噂のあるところでしてね」

「というと？」

「元々は一六六八年に創業されたドイツの化学薬品、医薬品の製造会社N社で、一八九一年にアメリカにおける拠点として、ニューヨークにアメリカN社を創業している。第一次大戦のドイツ敗戦に伴ってアメリカN社は一九一七年、アメリカに接収されて、その後アメリカの企業として世界中に展開されたのですが、日本においては、国内のC製薬とアメリカのTという製薬会社の吸収、合併を経て、NTEジャパンとして創業された会社です」

「ドイツ発祥、アメリカ接収の製薬会社ですか。なんとも意味深ですね」

「NTE社の会社概要にはもちろん製薬部門の記載もあるが、業績のほとんどはワクチン部門が上げているといってもいいでしょう。日本人は大のワクチン好きでね。さて、ここからが本題だが、ワクチンというのは、なんとも七三一臭いじゃないか。元七三一部隊員の研究者がそこの顧問というのは、適材適所というにはあまりにもブラックジョークが効きすぎているとは思いませんか？」

「……」

「彼は佐伯幸次郎と言いますが、佐伯は平房の七三一部隊で、細菌感染の実態、つまりマルタに及ぼす影響をつぶさに観察していたのです。彼の業績で特筆すべきところは、今でいうウイルスの継代とそれによるワクチン製造だったと私は思っています。我々は自身の研究についての相互の情報交換は厳に禁じられていたから、詳細を知ることはありませんでしたが、それでも同じ研究施設内のこと、おおよそのことは漏れ聞こえてくる。ことにあんなことがあったから特にです」

「あんなこと？」

「ええ。もう時効だろうから話しますが、あの頃、普通の細菌とは別に人体内でないと培養ができない、つまり通常の方法では病原菌の継代が行なわれない病原体がありました。今ではそれはウイルスだとわかっていますし、ウイルスの継代も、鶏の受精卵を孵卵器で成長させ、発育途中の胎仔に感染させる、あるいは孵化鶏卵の卵膜細胞を特殊な培養液、少し専門的になりますが、例えばトリプシン加ＥＤＴＡ液のような培養液を加えて増殖させ、それを培養細胞として感染させたウイルスを継代するなど、いろいろな方法が確立されています。しかし、その頃はウイルスという概念すらなかった。その病原体を継代するには直接人体に接種するしかなかった。毒性の強いウイルスを扱っていたから、宿主となった人間の多くは死に、運よく生き延びたものは生きた培地とされました。そして、そのことに関して不幸な感染事故があった。思えばその事故があってから、彼は人が変わったようにその病原体の研究に没頭していったような気がします」

西田はそこまで話すと、泡の消えかけたビールで口を潤した。

「そのきっかけになったと思われる事故は、部隊での活動が軌道に乗り始めた頃の話です。なぜか知らんが、偶々《たまたま》平房の部隊を訪れていた彼の上官の娘さんが、不幸にしてその特殊な病原菌に感染してしまって、命を落としたことに始まる。そもそも機密中の機密であるはずの部隊に部隊幹部の娘とはいえ婦女子が、感染の危険がある施設に出入りできたというのも、不思議といえば不思議なんだが、そのことで彼は懲罰を食らわなかった。活動自体が機密であった研究機関での事故という大失態故に、かえってことが公にならなかったということなんだろうが、その感染事故は部隊に大変な騒動を巻き起こした。何せ、感染初期には自覚症状がなく、従って感染者は研究施設内のそこらじゅうを歩き回る。二次感染の危険が大きく、実際数名の感染者を出したし、事故については厳重な箝口令が敷かれた。秘密を知り得た下っ端の者は感染していなくても処分された。感染し、発症していないものは宿主とされ、継代に使われた。感染しても発症しない者、発症して回復する者、発症後に死亡する者、これらの差はなんだろう、と。これが彼のその後の研究の大きなテーマたり得たし、現在のワクチンの考えに繋がるものがあったのだろうね」

「処分、ですか……」

「ああ。その辺のことはあまり思い出したくない。話したくもないんだが」

「だいたい想像はつきます」

「うむ。それで勘弁してください」

「それで、黒い噂とは？」

「うむ」

そう言ったきり、西田は口を閉ざした。

ちょうどそこへ二人の仲居がそれぞれの先付を持ってきた。料理の説明が終わって部屋を出て行ったところで、紘一が口を開いた。

「まずは、食べましょうか」

西田はほっとしたようすで箸を取った。

まもなくお凌《しの》ぎの小振りな手毬寿司、海老真薯《しんじょ》の椀物と平目、鮪、甘エビ、雲丹、鮑のお造りの向付も運ばれてきて、しばらくは食事が続いた。日本酒も頼んだ。牛蒡《ごぼう》を飛騨牛で巻いて甘辛く味付けして焼いたもの、鰊の甘露煮、筍の木の芽味噌田楽などの載った八寸、鰆の西京漬けの焼き魚の鉢肴、慈姑《くわい》と南瓜《かぼちゃ》、高野豆腐の焚き合わせの強肴、と食事は進み、日本酒も三本目に手がついていた。

菜の花の辛子黄身酢味噌和えの止め肴を運んできた仲居が、

「これでお料理は終わりになります。お食事を準備させていただいてよろしいですか？」

と声を掛けると、

「そうして下さい」

と紘一は答えた。

酒もまわり、気分がほぐれたのだろう西田が話し出した。

「ワクチンというのは、効果が確実ではない。確立されたものもあるが、例えば、インフルエンザだって、流行してみなければ何型のインフルエンザが流行するのかわからないし、ある程度予測するにしたって100パーセント当たるとはかぎらない。それでいてワクチンは感染の機会の一カ月ほど前に接種していなければ、感染防御に有効なほど充分な量の抗体は産生されないんだ。結果、実際には、流行が予想される数種のインフルエンザウイルスに対する抗原を混合したワクチンを接種している。もっと言えば、仮に、流行する株が100％予想できて、その株に対応したワクチンを接種できたとしても、予防効果があるかどうかは実は疑わしいんだがね。だから、私に言わせれば、ワクチンが有効だと思うのは『病は気から』に通ずるものがおおいにあるんだよ」

紘一は黙って先を促した。

「ワクチンは接種にあたって政府や自治体が補助金を出すことが多い。そうすると本当は不要なワクチンでも、どうせただなら、あるいはそんなに安いなら、と接種を希望する人が増える。つまり、ワクチンの製造元について言うならば、ワクチンの需要が増えれば、莫大な利益を生むということです。ワクチンビジネスとでもいったらよいか……。ここまでならまだ容認できる。黒い、というのはここからです」

西田は一呼吸置く。

「ある細菌やウイルスに対するワクチンが確立していれば、自国の兵士にそのワクチンを接種し、予《あらかじ》め抗体価を上げ、感染を予防しておくことができる。そこで、その細菌やウイルスを、抗体価のない敵国の兵士や人々に暴露させると、それらは敵国に対する兵器になりうる、ということもできる。これはまさに、七三一部隊が細菌感染に対して繰り返し行なった人体実験の当初の目的に重なるんですよ」

「では、現代のワクチン開発、製造には七三一部隊のデータやノウハウが大きく寄与していて、NTE社のワクチン製造も例外ではなく、さらには細菌兵器開発の要にもなっている、生物兵器を製造している可能性すらあるということですか？」

「はっきりと断言はできない。証拠もない。けれどNTE社には、そうした黒い噂が付きまとっている、ということです」

西田はさらに一呼吸置いた。

「もう一つ。ワクチンの効果を高めるために、添加してその免疫原性を高めるものをアジュバントといい、さまざまなワクチンにさまざまなアジュバントの添加が試みられてきた。現在、多くのワクチンに一般的にアジュバントとして使用されているものに、アルミニウム塩があるんです。お聞きになったこともあるかと思いますが、かつては脳内のアルミニウム沈着と、アルツハイマー病との関連性を疑う論文もあった。一九七六年のカナダの病理学者が発表したもので、アルツハイマー病の女性の脳から健常者の数千倍の濃度のアルミニウムが検出されたというものです。単純に高齢者の人口が増えたせいなのかもしれないが、最近、痴呆症患者が増えた印象を受けることはないですか？ワクチン接種を国ぐるみで推進した結果、痴呆症が増えたんだとしたら？」

紘一に自分の話をしっかり把握する時間を与えるように、西田は少し間を置いた。

「さらに言うなら、ワクチンの製造というのは、毒性を弱めた微生物やウイルスを使用する弱毒生ワクチンと言われるものと、化学物質などによって病原体の感染能力を失わせたり、死滅させた不活化ワクチン、病原体の一部の抗原性のある部分だけを人為的に増殖させて接種するワクチンがある。そのどちらも、ワクチンのもとになるものは、ウイルスであれ細菌であれ、目的とする病原体であり、その病原体に感染した動物から分離されたものだということ。いかに無毒化されたと言いながら、もともとの感染動物からの分離、増殖の過程でその中に未知の病原体が混入している可能性は100％否定できるわけではない。


例えば、野口英世が、当時原因が不明であったウイルス感染症である黄熱病について熱心に研究していた頃、ウイルスという概念はなかった。ウイルスの語源が、素焼きの濾過皿を素通りする、生きた、つまり感染力のある毒液や粘液を意味するラテン語― filterable virus ―に由来することからわかるように、当時としては形として捉えられない病原体であったために、野口がいかに天才的な医学者、細菌学者であったとしても、観察機器の光学顕微鏡では捉えられないほど小さく、形として捉えられない病原体であった黄熱病ウイルスを分離同定できなかった。無理やり病原体発見とこじつけた論文は追認されることはなく、最終的に野口は失意のうちに自身も黄熱病に感染して亡くなった。

つまり何が言いたいかというと、ある時代ではまったく未知であった病原体が後になって発見されることはありうることで、現在のワクチンのもとになった動物が他の疾患や未知の病原体に感染していた可能性や、さらにそれがワクチンに混入、汚染されていた、という可能性だってある、ということです。

さらに言えば、あってはならないことだが、何者かの意思によって、感染症や他の疾病を引き起こすような因子をわざと混入される可能性だってないとは言えない。

角度を変えて、もっと別の例を挙げると、日本に於けるエイズ感染症は、同性愛者間や麻薬中毒者の注射針の共用によるものが多い欧米と違い、血友病を患っている人の出血を止めるために非加熱の血液製剤、つまりエイズウイルスが熱によって死滅していない血液製剤を使用したことによる感染がその大半を占める。一九八二年から一九八五年にかけてその製剤を使用した患者さんの四割がエイズを発症し、一九八九年には大阪と東京で、非加熱血液製剤使用によるエイズ感染に関して厚生省（当時）と製薬会社五社を相手取って損害賠償請求が起こっているのはよく知られている。

一九八〇年代はじめの非加熱血液製剤はアメリカからの輸入品だった。そして、その多くを国内で販売したのはミドリ十字。この会社の創立者は、我らが七三一部隊、この部隊を組織した石井中将に因《ちな》んで石井部隊と呼ばれることも多いが、その石井の片腕だった内藤良一。顧問の北野政次は、一時期七三一部隊の部隊長。取締役の二木秀雄は、これも悪名高い元七三一部隊二木班の班長だった男だ。

そもそもエイズウイルスというのは、あくまでこれは私見だが、天然に存在するウイルスとはその振る舞いが少し異なっていると思う。詳しい話は端折るが、簡単に言うと、アメリカで生物兵器となりうる細菌、ウイルスなどを研究しているのは周知の事実で、その毒性や易感染性を強めるために細菌やウイルスに変異を加えるだろうということは想像に難くない。エイズウイルスやエボラウイルスも、そういった人工的に変異を加えられたウイルスが故意に、あるいは偶然、事故によってか、研究施設外に持ち出されて全世界に拡散されたものだという気が、私はして仕方がないんだ。

……私の単なる仮説だがね」

「う……む」

紘一は唸るしかなかった。

(ありうる話だ。終戦時、七三一部隊のノウハウ、実験データがそっくりアメリカの政府機関や政府の息のかかった製薬会社に流れたのだから、ありえない話ではない。むしろ当然そうなるだろう。だからこそ、アメリカは七三一部隊の責任者や研究者たちに免責を与え、そのノウハウとデータを独り占めにした。そして、その闇は今でも日本の政官学界に深く、強固に潜んでいる、ということか)

「それからもう一つ」

西田はこれから言うことに注意を喚起するように言葉を切った。

「あくまで仮定の話だが、ワクチンには、ある種の病害をもたらす物質なり、病原体なりを混入させることができる、と言ったね。つまり、ある者たちが、ある目的を持って、故意にそれを行なっているとしたら？　財力と権力があれば、それは可能だ。ここまでくると陰謀論の誹《そし》りを免れないかもしれないが、それによって増えすぎた人口の削減計画が実行されている、なんてことを言っている人もいるぐらいだ」

紘一は空恐ろしさを感じながら西田の話を聞いた。

ため息のように西田が呟いた。

「まあ、細菌兵器やウイルス兵器などの生物兵器と言われるもの、毒物などの化学兵器と言われるものの開発は、アメリカに限ったことじゃないがね。大戦中のイギリスでも行なわれていたし、数年前に崩壊した旧ソ連、現ロシアでも、１９８０年代からは中国でも行なわれていた。ただし、ドイツでは、第一次大戦時に毒ガス兵器の恐ろしさを目の当たりにしたヒトラーが、その開発を中止させたとして、第二次大戦終結時にはその類の兵器は所持していなかったことになっている。だが、第二次大戦中のユダヤ人達に対するホロコーストでは、ガス室で毒ガスによる大量虐殺を行なっていたことは事実だ。

細菌兵器との関連は別にして、フランスではパスツール研究所、日本では北里研究所など、細菌研究、ワクチン開発の専門機関は世界中にある。たぶん、先端科学を扱うさまざまな国々で、水面下では、細菌兵器や毒ガスなどの化学兵器の開発に鎬《しのぎ》を削っていると思うよ。もちろん、細菌兵器や毒ガスなどの化学兵器は、保持も、ましてや使用など許し難いことだし、公式には認められないだろうが、毒物や少量の放射性物質によるスパイ暗殺、なんていう小説みたいな事件だって、たまに報道があるじゃないか。それだって、ほんの氷山の一角だ。闇に葬られる事案はどれほどになるのかね」

「生物、化学兵器の研究は、日本でも行なわれているということですか？」

「行なわれていない、という確証はない」

ちょうど締めの食事と止め椀、香の物が運ばれてきて話は中断した。仲居たちが部屋を出て行ったあと、紘一は訊いた。

「その佐伯先生にはお話を伺えるでしょうか？」

「どこまで話してくれるか、それは何とも言えない。だが、彼と繋ぎをつけることくらいはできそうだよ。この前再会した時、名刺をもらっておいた。君さえよければ電話を入れておきましょう。ただ、彼もそれなりの地位にいて、多分アメリカ政府ともつながりのある仕事をしているだろうから、ただ会いたいといっても無理かもしれない。君が私に会った時のように、明子さんの弟であること、その消息について手掛かりが知りたいのだということを前面に押して話を進めたほうがいいように思う。会う機会さえ作れれば、その後の話の展開は君の腕次第だと思うが。明子さんの弟さんであることも含め身元を明かすことになるが構いませんか?」

「ぜひ、お願いします。日時や場所は先方の御都合に合わせますから」

「うむ。では、連絡をとって、はっきりしたことが決まれば柏原さんに連絡を差し上げます」

「ありがとうございます」

それから紘一と西田は戦後の混乱期についてひとしきり話をし、紘一の姉明子との思い出についても語った。お互いに知らなかった明子のことをあらためて知り、嬉しさや懐かしさとともに、拭いきれない寂しさを感じるのだった。

「さて、そろそろお開きとするかな」

西田のことばを合図に二人は席をたち、再会を約して帰路についた。

11 元軍医佐伯との対峙

三日ほどして、紘一のもとに西田から連絡が入った。

「佐伯君は今週の金曜日なら時間がとれるそうだ。場所はまかせるそうだよ。六時ではどうですか?」

「はい。よろしくお願いします。場所はこの前の料理店ではいかがでしょう?」

「うむ、いいね。では、連絡しておきましょう」

「ありがとうございます」


三日後、紘一と佐伯は、先日西田と会った料理店の一室にいた。

佐伯の年齢は紘一より一回りは上のはずだが、初老と言ってもいいくらい若々しく、肌の色艶も良かった。普段から節制しているのか、良質なものを摂っているせいなのか、紘一はその両方だろうと推測した。

挨拶と簡単な自己紹介がすんだところで、飲み物と先付けが運ばれてきた。仲居が去ると佐伯が切り出した。

「何か、お尋ねになりたいことがおありとか？」

紘一は西田に言われたとおり、まず自分が柏原明子の弟であることを告げた。今は独りの気軽な身で、先も見えてくる年になってみて、改めて失くした家族の消息や安否が知りたくなった旨を伝えた。佐伯が紘一の言葉を額面通りに受け取ったかどうかは知る由もないが、話の糸口としては上々だっただろう。

「満州時代、同じ部隊に柏原明子さんという看護婦さんがいたのは覚えている。明るくて気の利く優秀な看護婦さんだったよ」

「終戦後行方が知れません。そのことで西田先生のところもお尋ねしたのです。お聞きでしたか？」

「ああ、聞いてる。行方不明とは気の毒なことをしたね。僕は、満州の部隊の総撤退より一足早く帰国していたから、明子さんの終戦後の消息は知らない。西田のほうが詳しいんじゃないかな」

「どうしてそう思われますか」

「それは君、明子さんと西田はいい仲だったんじゃないかと思われるからだよ」

「そうですか。では、もう一度西田先生にお会いして詳しくお話を伺おうと思います」

「わざわざ私を呼び出して、君の用事はそれだけかね？」

佐伯の目が怪しく光った。紘一はぞくっとして思わず身震いをした。

（こちらの思惑は見透かされている。ごまかしはきかない）

紘一は覚悟を決めた。

「では。不躾ながら、単刀直入にお話しさせていただきます」

居住まいを正し、佐伯に真っ直ぐ視線を向けると、おもむろに話し出した。

「平成元年に新宿戸山で発見された数十体の人骨についてはお聞き及びと思いますが」

「うむ」

「お聞きしたいのはその人骨の来歴についてです」

「うむ」

「あの人骨は七三一部隊に関連性のあるものですか？」

「君はなぜそのことに関心がある？　どうして僕がそのことを知っていると思うんだね？　そして、

もし仮に、僕がそのことを知っているとして、なぜ君にそのことについて話をしなくてはいけないんだ？　僕が君に真実を話すと思うのかね？」

「率直にお話しさせていただきます。かつて日本の陸軍に関東軍と言われる中国大陸を活動の場にした部隊があった。そしてその一部に、一般には七三一部隊と呼ばれ、中国東北部を中心に非道な活動を行なっていた部隊があった。中国、朝鮮、ロシア、日本など、国籍を超え数千人とも数万人とも言われる被害にあった人々がいた。そしてこのことに触れるのは一種のタブーとされてきた」

「ふむ」

「さらに、その行為の総本山は新宿戸山にあった陸軍軍医学校だ。その跡地で数十体、あるいは百体分を超える人骨が発見されれば、いやでも関連を疑う。僕は真相が知りたいんです」

「それだけでは僕の質問全部の答えにはなっていない。僕の質問は、どうして君はそれについて僕が知っていると思うのか、そして、どうして僕が、君に真実を話さなければならないのか、ということだ」

「あなたは七三一部隊の軍医として平房にいた。そして今でいうウイルス感染とその予防法であるワクチン製造に関する研究をしていた。それはある程度の成果をあげ、そのデータと引き換えに免責され、アメリカの研究機関を経て、同じくアメリカの製薬会社に奉職した。今日まで研究の成果をあげ続け、今でもその分野で第一人者だ」

「ふむ」

「あなたは七三一部隊の所業に深くかかわっていた。重要な計画の中心にいたといってもいい。指揮系統的に上位の陸軍軍医学校に業績の報告に定期的に戸山を訪れたはずだ。現に、あなたが平房と東京を頻繁に行き来していたという証言がある。とすれば、戸山の人骨についても深く関わるか、少なくとも知ってはいたはずだ」

「なるほど。僕が事実を知りうる立場にあるということは認めよう。それで僕が君に話す理由は何だね？」

「あなたも人間だから。失礼だが、あなたも人生を終える時期に差し掛かっている。事実を明らかにする義務があると思うからです。秘密を抱えたまま死と向き合うのは辛くはないのですか？」

少しの沈黙があった。やがて佐伯は口を開いた。

「人を死にかけの爺呼《じじい》ばわりとは、なかなかの根性だ。よかろう。知ってどうする？　知った後はどうするつもりだ？」

「文字通り真実を掘り起こす。そして掘り起こした真実を白日の下《もと》に晒す」

「それをやってどうする？　喜ぶ人間がいるか？　悲しむ人間はどうだ？」

「ソ連領も含め、中国大陸には戦時中に憲兵隊によって拘束され、いまだに行方不明の、恐らく死亡している多くの人々がおり、そのご家族はいまだに行方を追い、たとえ亡くなっていたとしても、せめてその遺骨の返還を、と求めている。戦争犯罪が行なわれたのなら、そのことをしっかりと公表、謝罪し、しかるべく補償すべきだと私は思うのです」

「君の言いたいことはよくわかった。いや、わかっていた。ふつうの人は皆そう思うだろう。それが人というものだ」

「では?」

「まて。普通の人なら、と言った。それが一国を預かるもの、他国を支配するものでは、また違った論理が生ずるのだ」

「どういう意味ですか?」

「例えば仮に、巷間囁かれているように、七三一部隊が実際に細菌兵器の開発や、人体実験を繰り返したとするなら、それは国際法に照らして犯罪にあたると糾弾したいのかね? 犯罪だとしたら、その責任を誰かにとらせたいのかね? その罪の責任者は誰だ? 時の軍隊の責任者、時の国の責任者、戦争を起こした張本人。誰だ?」

「日本の政府、軍の総司令官」

「日本政府の要人は一部を除いて戦後、ほとんどが絞首刑になったり、一部心ある者は自決して、部下に介錯させた。生き残った軍の総司令官、大元帥とは誰だね?」

「昭和天皇……ですか」

「彼はどうして免責された? 何十万もの兵隊、日本、アジア各国の数百万の市井の人々は、みな天皇の名のもとに死んでいったはず。死の間際、実際には『お母さん』と叫んだだろうが、人前では『天皇陛下万歳』と言って死んでいったはずだ」

「戦後の混乱を避けるには、天皇を安泰にして日本国民を宥《なだ》める必要があった、ということになっています」

「表向きはな。確かにそれも一つの理由だろう。昭和天皇本人がマッカーサーのもとを数度訪れ、助命嘆願したという話さえある。巷では朕の命はどうなってても国民の命だけは守ってくれ、と直談判したのだ、と美談に仕立てられているがな。笑止千万。実際はどうであったかなどどちらでもいいが、日本を占領支配するために、昭和天皇を利用することを強く願った勢力があったことを忘れてはいけない」

「連合国、つまりアメリカですね」

「そう、それが他国を支配するもの、つまり日本を支配しているアメリカとその背後にあるもののやり方ということだ」

「確かに、戦後の日本はいまだにアメリカの強い影響下にあります」

「強い影響下？　そうではない、支配下だ」

「……そうですね」

ここまで話す頃には、佐伯にも、もう一線は超えた、という思いがあったのか、それとも他に思うところがあったのか、はたまた、食事やアルコールのせいで判断に甘さが出たのか、彼は思いの他饒舌になっていた。

「あなたが本音で話すなら、私も本音で話そう。ただし、ここだけの話にしてもらいたい。あなたの知りたいという欲求が満足されたなら、この話はここで終わりだ」

「わかりました」

佐伯は日本酒を口に運び、少し時間を置いてからまた話し始めた。


「まず、戸山で発掘された人骨と七三一部隊に関連があるか、という問いの答えだが、関連がないとは言えない。私に言えるのはそこまでだ」

「それは、どういう？」

「あそこは七三一部隊の跡地ではない。七三一部隊とは、あくまで大陸にいた関東軍の一部隊だ。だが、七三一部隊は当初新宿の陸軍軍医学校の一部門として発足した防疫給水部から派生したものであるという点からすれば当然関係はある」

「戦時中も陸軍軍医学校と七三一部隊とは密接に関連していたということですね」

「それは軍の性質上当たり前のことだ。すべての部隊はその上位の部隊の指揮下にあり、上層部の指示により動き、その命令には絶対服従だ」

「そうですね」

「資源、物資、武器の乏しい日本が戦争を続けるためには、従来の兵器に代わる武器、すなわち細菌などの生物兵器と毒物などの科学兵器が必要だ、と説いた石井中将の考えは全く理解できないというわけではない。それが単なる口実であったのか、心底国を憂いての考えであったのかは、もはや私にはわからない。それに、戦線が南方に拡大すれば、兵員の飲料水確保も大きな問題で、過去に汚染された飲み水による細菌やアメーバによる腸炎などの事例があった。そこで、汚濁した川の水、水たまりの水、山野の水を兵隊が飲んでも腹をこわすことのないものに浄化する装置を開発することは急務であっただろう。これを石井はやってのけたのだ。石井式濾水器はテストで効果を認められ、その後の南方の戦いにおいて、この装置で命拾いした兵隊も数知れない」

ここで佐伯は再び日本酒を口に運び、じっくりと味わうように時間を置いた。

「このことで石井の親父の発言力は大いに増した。その人たらしの面目躍如たる大風呂敷を存分に広げ、防疫給水部の予算を大幅に増し規模を拡大していった。人間というものは、成果が出ている間はさらなる高みを求めて際限なく階段を昇りたくなるものだし、周りもそれを許す傾向がある。そうしてあったはずの良心というブレーキが利かなくなる。七三一部隊がまさにそれだったよ」

紘一は黙って聞いていた。

「戦況が進むにつれ、多くの日本人同様、部隊員たちの間に、大陸の中国人やロシア人、朝鮮人に対して、同胞を殺す憎《に》っくき敵国人という感情が湧いてくる。それまで受けた教育や軍隊の空気が相乗効果を生み、部隊で日常的に行なわれている自らの行為に拍車がかかるのだ」

「実際に解剖などの行なわれる様子を見ても、嫌悪感や罪悪感などはなくなっていくものですか？」

「我々だって化け物じゃない。嫌悪感というか、恐怖を感じるし、夢にもみる。だが、やらないといけなかったんだ。そうしないと部隊での自分の居場所がなくなる。いや、それは嘘だな。言い訳だ。何よりそこでは自身の知りたいという欲求に抗う理由がないんだよ。やりたいことをやりたいようにやれる。まるで私怨をはらすみたいに突っ走るんだ。それが戦争だ」

「あなたは当時のご自身の行動について何かお考えはありますか？」

「後悔して謝罪せよ、とか？」

「失礼を承知で申し上げます。普通の人なら感じるであろう良心の呵責であるとか、そういったものはおありかということです」

「戦時中は普通の精神状態ではないよ。だとしてもだ、人としてやってはいけないことはあったのだろうとは思う。軍命に従ったまでだ、と逃げる気はないよ。しかし自分は狂気を生きたのだ。後悔したからといってその事実は消えない。その頃の経験の蓄積があるから現在の自分がある。同僚だった者の多くがそうだよ。自分の行為、業績に耐えられなかった者は、満州ですでに脱落し、おそらくいろんな意味での不慮の死を遂げているだろうし、乗り切って生き延びたものは、帰国後何事もなかったように口を拭い、かなりの地位で権勢を誇っているよ。そんな『たま』でなければ、七三一部隊という地獄は乗り切れなかったさ」

「かつて七三一部隊の隊員であった方と最近お話する機会がありました。『七三一の秘密は墓場まで持っていけ、もし、他言する者があれば、この石井はどこまでも追っていく』、という最後の訓示を胸に刻み、ずっと何も語らずひっそりと生きてこられたそうです。今は老人ホームで余生を送り、体も大分弱っておられました。死期がそう遠くない、と悟った時、この秘密を秘密のままにしておいてよいものだろうか、自分の保身のためになにも語らず朽ちていってよいものだろうか、と思うようになり、私がその辺りのことを調べているのを耳にした時、そのことについて話してくださるお考えが固まったようです。連絡をもらい、現在のお住まいである老人ホームをお尋ねして、お話を伺うことができました。その方は、ひとしきりお話しされたあと、もうこれでいつ逝ってもいい。いつでも逝ける、と涙を流されていました」

「そんな女々しい奴は部隊幹部にはおらん。ひよっこの少年隊員か、雑役の兵隊だからそんなことを言うんだ」

「そうでしょうか。そんな大きな秘密、罪の意識と言ってもいい、それを一人で抱えて何十年も生きてこられた方が女々しいとは私は思いません」

「ま、感じ方、考え方は人それぞれだ。軍隊の真っただ中にいたものと、戦後教育を受けたものとでは、おのずと答えは違ってくる」

「本題に戻ります。戸山の人骨は七三一部隊関連のマルタなり、標本なりが、何らかの意図を持って当時の陸軍軍医学校に運び込まれた人々の遺骨ではないのですか？　あるいは、新宿で、この日本でも、満州でのように人体実験まがいのことが行なわれていたということの証拠ではないのですか？」

「そうだと言ったら？」

底なしの闇のような佐伯の目に、一瞬怪しい光が浮かんだように見えた。

紘一は、もう十分だと思った。

新宿戸山の人骨は、七三一部隊に繋がる人体実験の被害者の遺骨に間違いない。紘一は確信した。

「それから最後にもう一つ。同様な働きの安全な加熱血液製剤があったにもかかわらず、日本におけるエイズウイルスの感染拡大に重大な役割を果たしたアメリカ製の非加熱血液製剤の使用が、厚生省（当時）主導で大々的に行なわれたことは、日本人にエイズを蔓延させるためにアメリカが故意にやったことですか？」

「さあ。それはジャーナリストであるあなたが調べることではないのかな？　日本に感染を拡大させようなどという意図があったかどうか、それはわからないが、少なくとも製造者は感染の危険があることをわかっていたとは思う。その上でアメリカ国内での消費が難しいコストの安い製品を作り、それを同等の人間とは思っていない日本人に消費させようとしてもおかしくはない。

日本は、朝鮮戦争の物資、兵員供給の兵站の拠点にし、防共の砦にしたかったアメリカの都合のおかげで経済復興だけは、そこそこ果たしていた。だったら、忌々しくも目障りな黄色い猿たちを実験動物代わりに使い、そこから莫大な利益を上げたって、戦勝国が敗戦国に対してすることだ、なんの文句があろう。それくらいは考えたんじゃないのかな？」

食事を終えたところで会談を終わり、会計を済ませて外に出たところで、紘一は酔いを醒ましながら少し歩いて帰るという佐伯に対し、最後にどうしても訊かねばならないと思うことを訊いた。

「あなたご自身は新宿戸山で発見された人骨に関わっていらっしゃいましたか?」

「それを聞いてどうする。知らないほうがいいことがある、と言っただろう。知ってしまったがために、自分の身を危険に晒すことになるのがわからんのか?」

「あなたにそれほどの力がおありなのですか? 戦時に関する秘密を隠蔽し、その秘密を知るものを抹殺させるほどの」

「戦後の日本の真の支配者は誰だ? 私はそこの世界戦略に貢献する生物化学兵器、とりわけウイルス兵器と言われるものの鍵を握ってきた。実に半世紀以上にわたってだ。その意味がわかるかね」

佐伯はそう言うと、まるで自分のことばが紘一にしっかり浸透するのを待っているかのような間を置いてから
「身の程をわきまえたまえ」

そう言うと不敵な笑みを浮かべて、佐伯は夜の街に消えて行った。

12　出版妨害

新宿で発見された人骨の保管と調査を要望し、併せて、戦時中に大陸で日本軍に連行され、その

まま消息不明になった家族を探す人達と連絡を取り合い、日本での調査に尽力していた佐々木氏にも出版準備の過程で連絡を取り、意見も聞いた。執筆と並行して担当編集者によるファクトチェックなどの協力もあったので、思ったより早く二カ月ほどで著作は完成した。

時空社を訪れた紘一は、手元のカバンから完成した原稿を取り出し、賀川に渡しながら説明した。

「初めは極簡潔にですが、七三一部隊の沿革的なことについて書きました。読者が興味を失してしまわないようにできるだけ手短にしていますが、全く触れないわけにはいかないと考えました。説明がなければ、そもそも七三一部隊の何たるかを知らない人たちが大半の世代が多くなった昨今では、その後の肝心な所を理解してもらえない可能性があるからです。その世代の人達にこそ読んで欲しいと思って書いたものですから。

でも、それだからと言って七三一部隊について詳細に書いてしまうと、そこだけで辟易して先を読んでくれなくなる恐れもあり、七三一部隊については、優れた研究者たちが詳細に調査、解説された素晴らしい著作がこれまでも多数ありますから、私の本の主たる部分の理解に必要、十分なことだけ述べるように努めました。さらに知りたいと興味を持っていただけた方には先達の文献を当たっていただけると思います。

その後、現在御存命の元七三一部隊員であった方との実際の面談の様子や内容について書きました。その中には、少年隊として従軍した軍属たちの痛ましい話や、隊員や軍属の奥さんや家族の悲惨な話もありました。それから、七三一部隊に所属した中堅の研究者にも二、三お会いしてお話を伺い、自分の得た確信を元に、次第に新宿戸山の人骨との関連について私が考察したことを記述していくという構成にしてあります」

賀川は原稿を受け取るとすぐに読み始めた。原稿を読みなれているからだろう、ページをめくるスピードがさすがに速い。三十分もかからずに読み終えてしまった。

「柏原さん、素晴らしい著作だと思います。忘れ去られようとしている、それどころか最近では、満州の七三一部隊について書かれた多数の著作は捏造である、南京の大虐殺もなかった、などと誤った評価を喧伝する勢力まである。アメリカでの公文書の取材や、体験者の実体験、部隊関係者からの聞き取りなど、貴重な情報が満載で、しかも、著者の冷静な考察が著作全体を引き締めている。細部をもう少し詰めて、すぐ出版しましょう」

賀川は熱く語り、そのまま今後についての細かい打ち合わせを行なった。

＊

紘一の今の住まいは渋谷から私鉄で一駅の、付近には各国の大使館や瀟洒な邸宅のある閑静な住宅街にあった。それでも近年開発の波がじわじわと迫り、大通りに面した所には、ファッション関係のブティックや、しゃれたカフェ、ダイナーなどの入る建物も目に付くようになってきた。通りは少し高いところを走っており、その街並みから少し入ると、天然の崖といってもいいほどの段差のある急勾配の道に沿ってこんもりした林のような緑のある宅地がある。まるで都心とは思えない。

その一本入った路地に面した比較的小さなマンション二階の南向きの一室が紘一の部屋だ。日中は、辺りの樹々に反射した緑色を帯びた日の光がたっぷり入る居心地のいい部屋だった。痴呆症を患う妻を残して河本文三氏が癌で亡くなる数年前、跡継ぎのない氏が工場を当時の職工長に譲って整理した財産を、息子同然に思っていた紘一に、妻の介護を託して譲った。先年、その妻も亡くなり、一人には広すぎる住宅も処分して手に入れた部屋だった。

ドアの鍵を開け、夕暮れの薄闇の中、手探りで壁のスイッチを押して電気をつけ、玄関に通じる廊下に一歩足を踏み入れると、何か違和感を覚えた。それは、出かけるときに閉めたはずの、廊下の突き当りにあるリビングに通ずるドアが少しだけ開いているからだ、とすぐに気付く。用心して廊下を進み、少しだけ開いていたドアを開け、部屋の電気をつけた。

果たして、リビングの床には書類やコピーが散乱し、デスクトップのパソコンも開いたままになっていた。侵入の痕跡をわざと残しておくのは、警告の意味もあるのかもしれない。紘一のことを本当に狙っているのなら、痕跡を残さず侵入して直接危害を加えるか、あるいは家探しが目的なら、殺してからゆっくり探して行けばいい。そう思いながらも紘一は心の中で呟いた。

（とうとう来たか）

紘一の纏め上げた原稿はパソコンからもハードディスクからも消えていた。原稿作成に使用した資料も、Ｋの石井氏からの貴重な手紙も、全て消えていた。

だが、紘一の著作が頓挫したわけではない。ほぼ完成に近い原稿のデータは時空社に渡してある。石井氏からの手紙もコピーは時空社にある。オリジナルがなくなったのは悲しいが、資料としては保存されていることが不幸中の幸いだ。ただし、敵も紘一の自宅にあったものだけが全てではないことはわかっているはずだ。紘一の身の回りのものだけ潰しても、あらゆるものがデータの形で存在する現代にあっては、それは徒労に終わる。それでも、こんな仕打ちをするのは、出版を妨害するための実力行使ではなく、紘一に対する警告だろう。あるいは、紘一の著作を出版しようとする出版社に対する間接的な恫喝なのかもしれない。

このごろは、以前感じた尾行されているような監視の目を感じる機会が多くなった。以前のものが「逆らうな」という警告であったとすれば、最近のものは「殺すぞ」という脅しであるかのような圧力を感じる目だった。

紘一はまだ姿の見えない敵に思いを馳せる。正体はほぼ見当がつく。アメリカの政財界や日本政府に関係する組織、またはその意を受けた集団。それら全て。得体の知れない敵を相手にするには、できるだけ情報媒体に顔を晒すことだ。著作の宣伝に絡めてマスメディアに露出するのが一番安全だろう。もっとも、それでも粛清される危険はもちろんある。それでもこの本は何としても世に出さなくてはならない。

紘一のマスメディアへの露出について、出版社に手を貸してもらうことにした。

＊

数日後、紘一は渋谷駅のＪＲ山手線ホームにいた。

平日の昼前のホームは渋谷にしては人がまばらで、電光掲示板の表示が、電車が前の駅を出たという表示に変わった際、紘一は乗車口の案内板の下に並ぶ列の先頭にいた。

やがて列車がホームに入ってきた時、紘一は誰かに背中を押され、そのままよろけてホームに転落した。電車の凄まじいブレーキ音と金属製の車輪とレールの軋る耳障りな音が響き、人々の悲鳴と怒号が轟いた。


紘一は、無事だった。

線路に落ちた時、反射的にホームの下に転がり込み、間一髪電車との接触を避けることができた。電車は紘一の目の前をしばらく移動して止まった。

紘一はホームの下を後方へ移動し、電車が途切れたところからホームへ上がった。線路に転落した時の摩擦でズボンの膝に穴が開き、膝や掌、頬骨の辺りに血の滲んだ擦り傷を負っていた。

駆け付けた駅員に助け起こされ、医務室へ連れていかれた紘一は、誰かに突き落とされたと述べ、事情を訊きにきた鉄道警察隊の警察官に被害届を出したが、紘一の言うことをどこまで信じてくれたかはわからない。電車のダイヤの乱れと急ブレーキによる乗客の怪我に責任を負うＪＲには迷惑をかけたが、紘一には申し訳ないと言うことしかできなかった。

事情聴取を受けたあと、その足で時空社へ向かった。注意喚起とマスメディア対応の件で話をするためだった。

編集部に着くと、前回訪れた時と雰囲気が一変していることに気がついた。その場にいる編集部員たちの態度が妙によそよそしい。やがて、紘一はその訳を理解した。

編集長の机を見ると、その席の主はいなかった。担当の編集者が寄ってきて紘一を部屋の外へ連れ出した。

「柏原さん、実は編集長が大変なことになりました」

「え？」

「昨夜、仕事を終えて帰宅する途中に、そこの歩道橋の階段から転落しました。幸い命に関わる怪我ではありませんが、頚椎捻挫と左肩の脱臼、左鎖骨骨折で、二カ月ほどの入院が必要だそうです」

「事故ですか？」

「それが……はっきりしません。編集長は頭を打って脳震盪を起こしていたため、当時の記憶が曖昧なのです。誰かに突き落とされたような気がしないでもない、とは言っていたようですが、何分夜遅くで、落ちた瞬間の目撃者はなく確証はありません」

「そうですか」

紘一はこのまま時空社から本を出版するのは無理かもしれないと思った。会社の今後にも多大な迷惑をかけることになる。何とか自力で出版することも考えなければ、と思い始めた時、担当編集者が言った。

「それで、編集長から伝言がありますす」

「伝言？」

「はい。柏原さんがこのことを知ったらきっと責任を感じて、出版を取りやめようなどと言い出しかねない。だから、こう伝えるように、と。わが社はいろいろなドキュメンタリーを扱ってきたから、どこかからなにがしかの恨みをかい、いろいろ妨害されることはある。柏原さんの著作もかなり際どいところはあるけれど、自分もそのへんのことは覚悟の上で仕事をしているのだから、気にせず、本の完成を急ぎましょう、とのことです。世に出してしまえばこっちのものだ、とも言ってました」

「そんなことを……。申し訳ありません。あなたにも危害が及ぶかもしれない」

「なあに、大丈夫ですよ。以前、暴力団がらみの取材をした時に、下っ端のチンピラに手ひどくやられたことがありましてね、その時から一念発起して空手道場に通いました。今では有段者ですよ。まあ、用心します。柏原さんも気を付けてください」

「多分今度の敵は、暴力団とは比べ物にならないほど強大で質《たち》の悪いものだとは思うけれど、お二人のお気持ちは何とも心強い限りです」

紘一は渋谷駅での一件を話しそびれた。だが、不本意ながら危険についての注意喚起は十分成ったようだから、この場は良しとしよう。紘一は深く頭を下げた。

そんなことがあって、紘一の身辺はますます喧《かまびす》しくなってきたが、とうとう本は出版にこぎつけた。完成した本は、新宿戸山の発掘人骨に関する住民運動を取りまとめている佐々木氏と千葉の房総の介護施設にいる石井氏にも数冊ずつ届けた。出版の影響は予想外に大きく、脅迫めいた郵便物も頻繁に届き、新聞や雑誌などが紙面を割いてとりあげ、テレビの対談番組にも出演のオファーが来るようになった。

(いい傾向だ)

と、紘一は思う。マスコミに大々的に取り上げられれば、紘一を闇に葬り去ることは難しくなる。紘一を抹殺することは、結果として紘一の著作で主張していることは真実だと認めることになってしまうからだ。敵にとっては、表立っては何もせず無視していることが一番、という状況に持ち込めたということだ。

＊

それから数週間して、紘一のもとに一通の手紙が届いた。

千葉県の房総にある介護施設職員からの手紙で、施設の入所者で、紘一に連絡を取り、話を聞かせてくれた元七三一部隊員の石井某氏が亡くなったことを知らせるものだった。

石井氏は紘一の著作を読み、「これで生き恥を晒したことの申し訳が少しでも立っただろうか」と職員に問いかけ、その通りだと答えると、とても嬉しそうにしていたことが書かれてあり、しばらくして眠るように亡くなられたとのことであった。亡くなる前に「柏原紘一さんに、くれぐれもよろしく伝えて礼を言ってくれるように」と頼まれたことも記されてあった。

紘一は、わざわざ知らせてくれた労苦への謝辞と、「こちらこそお話を伺う貴重な時間をいただいたのだ」、という石井某氏への感謝と哀悼の気持ちを述べる返書を、その介護施設職員に宛ててしたためながら、石井元隊員の思いとはいかばかりであったろう、と改めて思いを馳せた。

私に話してくれたことで、あの世へ旅立つ前に、その背に負う重荷が少しでも軽くなっただろうか。もしそうであれば、私がこのことに関わったことに幾ばくかの意味があったことになるのだろうか。

石井氏の最後の伝言は、紘一にとって、闇だらけの今の世の中で一筋だけ射す光明のようだった。

紘一は思う。石井氏、彼もまた戦争の被害者であった。中国や韓国の人々に対して、否、全人類に対して加害者であったかもしれぬが、彼自身も確かに、愚かしくもおぞましい戦争の被害者であったのだ。

いったい誰が戦争を始めたのだ。

いったい誰が戦争の責任を取ったのだ。

誰にも責任など取れようはずはなく、償いもかなうはずもないが、それでも、己の胸に罪悪感を抱え、責任の所在を認め、贖罪の一端でも果たすべく、死ぬまで心を苛まれるべきなのだ。のうのうと暖かい布団に惰眠を貪り、美食に舌鼓を打ち、権勢の上に胡坐をかいているべきではないのだ。それは決して許されない。

戦争を指揮した幹部だけではなく、七三一部隊で非道をはたらいた者たちには、特に言いたい。あなたたちはいったい何をしてきたのか。あなたたちのしてきたことを、あなたたちの孫子《まご》の前で、胸を張って言えるのか、と。

13　山村と佐伯

佐伯幸次郎と、七三一部隊で佐伯の上官だった山村元一は、花見の時期が終わり、人の姿もまばらになった夕刻の千鳥ヶ淵公園にいた。

雨を孕んでいるような雲が重く垂れこめ、湿っぽい不穏な空気が辺りに漂っていた。

佐伯に、「話がしたい」と山村から連絡があったのは二日前。「他人《ひと》の耳目のある所では話したくない」ということと、「一度戦没者墓苑に参っておきたい」という山村の希望で、宵闇に紛れる時間帯の千鳥ヶ淵戦没者墓苑の六角堂で落ち合うことになった。

数十年ぶりで再会する山村は一回りも二回りも小さくなったようで、背中も丸みを帯びてはいたが、かつての軍人としての威厳を残していた。


佐伯や西田とは違い、山村は戦後表舞台に立つことはなく、B級戦犯として収監された後、極東軍事裁判の終了と共に釈放され、そのまま縁者を頼って、関東地方の田舎で町医者として隠遁生活のような余生を送っていた。

部隊にいた間、目立った業績がなかったということもあるが、何よりも、山村は、本来七三一部隊で行なっていたようなことを望んでするような人間ではなく、七三一部隊で行なった事実に蓋をしたまま、そのことを利用するような道に進むことを潔しとしなかったのだ。事実を公表し糾弾するような積極的な正義漢ではないが、罪悪感に従い、己の人生を諦め、贖罪の生活を受け入れた消極的な正義漢と言えるかもしれない。

山村は新宿戸山で多数の白骨が発見された、というニュースを目にして以来、自身や他の軍医たちが、陸軍軍医学校防疫研究室と平房の防疫給水部（七三一部隊）で行なってきたさまざまなことがありありと思い出され、それまでも苛《さいな》まれていた悪夢を見る回数がさらに増し、最近では連日のように悪夢にうなされ、妻に不審がられる毎日を送っていた。

そんな中、紘一の書いた本が出版され、自身の抱いていた疑念と恐怖が、白日の下に晒されることになった。その著作には、部隊員だったものでなければ知り得ないような内容が記されてあり、自身の記憶に照らせば、情報源は数人の将校以外ありえない、というような事実の記述があった。心当たりの元七三一部隊員の中で、現在連絡が取れそうなのは、外資系製薬会社の顧問をしている佐伯幸次郎だった。彼は、当時は山村の部下であり、戦争当時の上下関係はかなり厳格なもので、いまだにその影響が残っていることからすれば、山村にとっては連絡の取りやすい相手であった。

千鳥ヶ淵戦没者墓苑を参拝したあと、墓苑の敷地を出て首都高速都心環状線を横に見ながら、千鳥ヶ淵のお堀に沿ってしばらく歩いた。

当たり障りのない話をしたあと山村は、佐伯を呼び出した要件について切り出した。

「柏原紘一という人の本、読んだか？」

「ああ。僕のところにも取材にきたから、一冊謹呈してよこした。どうして興味を覚えたのか、アメリカと日本を股にかけて当時のことを調べてまわったようだ」

「取材に応じたのはやっぱり貴様だったんだな。なぜ話した。全て話したのか？　ウイルス兵器の開発や、ワクチン開発のことなど、当時貴様と俺がやっていたことだろう」

「全てを語れるわけがないだろう。殊に、ウイルスに関することは、当時も今も一般には公になっていないことだ。平和な時代に生き、戦争を知らない者たちには、当時部隊で行なわれたことは、到底理解できないだろうし、とても受け入れられるものじゃない。特にウイルス感染やワクチンに関しては、現在も世界の政治や製薬業界に関わる地雷のような事案だ。私が話すわけがないだろう。七三一部隊の活動に関して、ある程度の事実を認めてやっただけだ」

「本当に話したのはそれだけか？　それにしては、あの本の内容は妙に核心をついていた。そもそも、どうして話す気になった？」

「そうだな、老い、かな。あっちへ行く時期が近づいて、もう、気にするものもなくなったから、せめて歴史のヒントだけでも置いて行こうか、という酔狂かな。それと、仲介を買って出て、連絡をよこしたのが西田だったから。西田、覚えているだろう？」

「ああ、忘れないさ。あの時分にあそこであったことは忘れたくたって忘れられるものじゃない。あの当時あそこにいた軍医たちのことは忘れるはずがない。西田も嚙んでいるのか？」

「ああ、そうだ。西田が僕に彼を紹介した。それともう一人、柏原明子という看護婦がいたのを覚えているだろう？　気が利くいい子だった」

「ああ、知っている。確か西田の思い人じゃなかったか？」

「そう。その柏原明子の弟なんだよ。本を書いた柏原紘一という男は」

「なんと。それでか。あの西田がお前に連絡をとり、彼を紹介したのは」

「ああ、そうだ。彼女の弟に会ってみたい、というのもあったし、僕の知っている彼女のことを話してやることも吝《やぶさ》かじゃないと思ったのさ。僕としたことが、とんだ仏心だ」

「それで、彼女のことも話したのか？」

「いや。やめた。彼はそんな身内のことを知りたいがために躍起になっているんじゃない、ということがわかったから。彼は、真剣に七三一部隊の行なったこと、日本陸軍のしでかしたことを糾弾しようとしていた。だから、陸軍だけじゃない、戦前、戦中の日本の中枢で行なわれていたこと、戦後日本と、進駐軍が一貫してやり続けていることの正体を匂わせてやった」

「私たちは、大陸を引き上げることになった時、石井の親父に、七三一の秘密は墓場まで持って行けと言われたはずだ。もし、他言するようなことがあれば、この石井はどこまでも追っていく。そう訓示されたのを忘れたか。秘密を抱え、秘密として守り切ることがいかに苦しくとも、けっして口外は許されない」

「いいや、忘れるもんか。だから、具体的なことはなにも言っていない。言質は与えていない。だが、彼は賢い。自分の推測は正しいと確信を持ったんだ」

山村には、もう一つ、佐伯に問い質しておかねばならないことがあった。

「明子さんのことはどうだ？　良心の呵責は感じないのか？」

「どうしてそんなことを言う」

「貴様が彼に明子さんのことを話せなかったのは、他に理由があったからじゃないのか？」

「なんのことだ？」

「私が気づいていなかったと思うのか？　貴様はあの頃、中垣大佐のお嬢さんが亡くなってから、狂ったように実験に没頭した。貴様は中垣大佐のお嬢さんを心から好いていたわけではあるまい。

それでも好かれれば悪い気はしない。上官のお嬢さんと仲良くなっておけば何かの時には切り札になるかもしれないし、無下にして上官に睨まれるのも問題だった。だから、適当な距離をおいて成り行きに任せていた。ところがあんなことになって、少しは覚えていた淡い期待も潰《つい》えた。娘を亡くすことになった元凶とも言える貴様に対して娘の親たる上官の覚えが目出度かろうはずもない。八方塞がりになって貴様は、業績を上げるしかない、と考えたんだろう。その頃マルタの世話をしたり、実験の手伝いをしたりしていたのが明子さんだった。明るく賢く、美人だった明子さんに貴様は心の平穏を見出した。ところが、だ。明子さんはすでに西田と良い仲だった。西田には嫉妬を感じ、なびかない明子さんには、可愛さ余って憎さ百倍という心境だったんじゃないか?」

「なにを馬鹿な」

佐伯は吐き捨てるように言った。

「まあ待て。話はここからだ。戦況が悪化し、部隊は解散、転進することになったが、貴様は上層部の慌て方を見て悟ったんだ。自分らの罪と、これから我が身に降りかかるであろう困難な状況と非難と処罰、自分の泥にまみれた将来を」

「それは山村さんも一緒だろう」

「いや、まあ聞け。一足先に安全なうちに内地へ引き上げる幹部たちと、後始末を命じられた私達。西田も後始末組だったが、西田の傍には明子さんがいて、貴様には二人の将来がまざまざと見えたんだろう。そこで鬼畜七三一部隊の面目躍如といった貴様の本性が顔を現した。お前は何をした?

私が知らないとでも思ったか?」

佐伯はなにも言わず、山村の顔を見つめていた。

「貴様は脾脱疽菌《ひだっそ》を密かに持っていたんだろう。それをどうにかして明子さんに感染させたんだ。なびかない明子さんと敵《かな》わなかった西田に対する復讐。その両方を一気に晴らす手段に貴様は出た」

「言いがかりだ」

佐伯はやっと反論した。が、特に動揺もしていないようだった。

「言いがかり? とんでもない、後片付けの手伝いとかなんとか言って、貴様が実験室に明子さんを呼び出したんだろう。貴様の実験室から明子さんが逃げるように飛び出して行くのを私は見たんだ。それから数日して、明子さんは高熱を出した。下痢や血痰がでて、腸炭疽と肺炭疽の症状を呈した。抗生物質や補液などのないあの状況では苦しみながら死を待つしかなかった。貴様は、それをほくそ笑んで見ていたのか? それともあったかもしれない良心の呵責に慄《おのの》きながら見ていたのか?」

佐伯はやはり何も言わない。

「いいさ。遥か昔のことだ。だがな、貴様と西田の間には、決定的な違いがあるんだよ。西田は内地に引き上げて以来、本来の医師としての研究に没頭し、山科医科大学の名誉教授にまでなったが、生涯独身を通した。知っていたか? 彼は、自分だけ幸せになり、のうのうと生き延びることは己に対して許せなかったんだよ。貴様のようにアメリカに魂を売って、富と名声を手にしてぬくぬく生きるような奴とは、人間が違うんだ」

佐伯はふっと鼻から短い息を漏らした。自嘲する笑いのようだった。

「人それぞれだろう。人間が違う？　七三一でやっていたことにどれほどの差がある？　皆、同じ穴の狢《むじな》だろう」

「西田を前にしても同じことが言えるか？　柏原紘一氏の前で、明子さん憎しで故意に伝染病に感染、病死させた、と白状できるのか？」

「脅迫しているのか？」

「そうではない。少しは良心の呵責を持て、と言っている」

「ふん。そんなものは糞の役にも立たん」

「老い先短い年齢《とし》になって、懺悔の気持ちが芽生えたのかもしれない。せめて西田だけには事実を伝えてやろうかと思っている」

初めて佐伯が気色ばんだ。

「よせ。そんな古いことを今さらほじくり返していったい何になると言うんだ。山村さんの気持ちが済むだけだろう」

「西田は、自分の至らなかったせいで明子さんを感染させ、死なせてしまったと思っている。たまらない後悔に苛まれ続けたはずだ。そろそろ楽にしてやったらどうだ」

「半世紀以上も経って、もう傷も癒えただろう、古傷に塩を擦り込むようなまねをして誰が喜ぶ。事実がわかったところでどうなるものでもあるまい」

「貴様には人間の心がないのか」

「うるさい」

丁度千鳥ヶ淵公園に面した半蔵濠の土手に降りられるように、垣根が途切れ石段になった所に差し掛かっていた。それまで山村の言葉から逃げるように一歩先を歩いていた佐伯がとうとう耐えかねて、山村の言葉を振り払うように振り向きざま腕を振り回した時、運悪く、佐伯の拳が、佐伯に取りすがろうと近づいていた山村の側頭部にパンチを浴びせるように当たってしまった。

側頭部に一撃を食らった山村は、よろけて蹈鞴《たたら》を踏んで数歩進み、そのまま土手を転がり、濠に落ちてしまった。辺りに人はいなかった。

濠に落ちて、水面に浮かぶ餌を大きな口を開けて貪る鯉のように頭を上げ下げしてもがく山村を見て、佐伯は山村を助け上げよう、と思った。が、それはほんの一瞬のことだった。

山村が生きていたら面倒なことになる。鬱陶しかった。

幸い辺りに人影はない。このまま死んでくれるなら、放っておこう、もともと老い先は長くはないのだから。

佐伯は、改めて周囲に人目がないのを確認すると、そのままその場から離れた。

（死に損ないに引導を渡してやったんだ。ありがたいと思え）

佐伯は自分を納得させるように頭の中でそう繰り返しながら、濠沿いに日比谷方面に向かい、戦後ＧＨＱ（連合国軍最高司令官総司令部）に接収され、総司令部として使われていた旧第一生命館の見えるあたり、日比谷交差点で通りを渡り、銀座方面に向かった。数寄屋橋までくると、ちょうどバス停に来合わせた東京駅方面から晴海方面へ向かう都バスに乗った。

前払いのシステムらしい。小銭を探すのが面倒だった。千円札をそのまま料金箱に突っ込み、近くの座席に座り込むとバスの運転手に怒鳴られた。

「お客さん、お釣り。困るなあ、ちゃんと両替えしてから入れてくれないと」

佐伯はむっとした。

「釣りはいらん。とっておけ」

運転手は席を立ち、生真面目にポケットマネーから出して立て替えた釣りを佐伯に渡すと、佐伯を無視するように運転席に戻り、

「ご迷惑おかけいたしました。では、出発します」とアナウンスして、徐にバスを発車させた。酔っ払いの爺さんに関わっても碌なことはない、とでも思ったのだろう。

（ふん、どいつもこいつも）

佐伯は小さく不満を吐き出したが、バスのディーゼルエンジンの音にかき消され、運転手の耳には届かなかった。

勝鬨には佐伯の日本にいる時の住まいがあった。勝鬨橋南詰停留所でバスを降りると、自宅のあるマンションへ向かった。

佐伯は勝鬨にある、最近湾岸エリアなどでよく見かけるようになった高層マンションの二十三階にある自分の部屋に帰り着くと、まっすぐホームバーの所へ行き、癖の強いシングルモルトのボウモアをショットグラスに注ぎ、生《き》のままで一気に煽った。それをさらに二度ばかり繰り返すと、そのままリビングのソファへ倒れ込んだ。

口中から鼻に抜けるスコッチウィスキーの強い香りと、頬の内側の粘膜を刺すようなアルコールの刺激が、今夜はやけにこたえる。

(まったく、なんて日だ)

……あれは、事故だったんだ……。

薄れていく意識の中で、佐伯はある場面——これまで、何度となく頭に浮かんでは佐伯を苛《さいな》んでいた——の記憶に、またもや襲われながら、眠りに落ちていった。

その夜、夜半過ぎから降り出した雨は次第に強さを増し、翌々日まで降り続き、総雨量はかなりのものとなった。

＊

部隊の撤収に向けて、証拠隠滅のための整理が進んだ実験室にはもはや往時の面影はなく、廃棄を待つ資料や試料が部屋の隅に積まれ、標本が少しだけ棚の一角に残っていた。棚の前の実験台の黒い石材の天板上には、まもなく焼却処分されるはずのいくつかのガラス製のシャーレが置かれていた。

佐伯は実験室の片付けを手伝うようにと、明子を呼び出していた。

明子が、棚に残った焼却処分予定の標本を台車に移す作業をしていると、後ろから佐伯に声を掛けられた。

「明子さん」

「はい？」

明子が振り返り、自分のすぐ後ろに、目に異様な光を湛えて立っている佐伯を認めて一瞬身を竦《すく》ませた刹那、後ろから佐伯に抱きすくめられそうになった。

明子は思わず体を捻りざま佐伯を突き飛ばし、その反動で自身もよろけてしまい、傍の実験台の上に並んだシャーレの上に手をついてしまった。

つやつやとした黒い天板の上でガラス製のシャーレは割れ、明子の手を傷つけ、明子の手には血が滲んだ。出血は徐々に量を増していたが、佐伯の行動に驚いた明子は、傷口を洗うこともせず、鮮血の滴《したた》る右手を左手で包むようにして実験室を飛び出して行った。

佐伯は、明子を呼び止めて傷の処置——洗浄と消毒、感染予防の薬剤投与など——をするべきだった。だが佐伯はそうしなかった。

(西田がいるさ)

(なんで西田なんだ。俺と同じ階級の軍医じゃないか。しかも、西田は国に帰れば、自分の所属教室の教授の娘との縁談が待っているというではないか。クソ。なんで俺ではいけないんだ)

そう頭の中で悪態を吐《つ》きながら、厚手の実験用のゴム手袋を着け、後始末に取り掛かった。

実験台と床に飛散したシャーレの破片と、シャーレから零《こぼ》れた中身には、アルコールと塩素系の消毒液をふりかけ、天板上のものは消毒液ごとブリキのバケツに落とし込み、床のものは傍にあった金属製の薄板を使ってかき集め、そのまま同じバケツに入れた。実験台と床にはもう一度消毒液をふりかけた。

黙々と清掃作業をしているうちに、佐伯の心にはどす黒い感情が募ってきた。西田と明子に対する嫉妬と理不尽な恨みの感情。汚染物の入ったバケツを焼却炉に運んで手袋とともに焼却する頃には、その感情は激しい憎悪に醸成されていて、もはや、明子を救おうという気持ちは失せてしまっていた。

シャーレの中身は、炭疽菌に感染させたマルタから採取した血液を培養したものだった。

看護婦である明子にも、実験室にあるシャーレがどんなものかは想像できただろう。幸い接触した細菌の量は多くはないはずだ。すぐに大量の水で傷口を洗い流し、消毒と抗生剤投与で感染症の発症を予防するくらいの知識はあるはずだ。西田だってついている。佐伯はそう思いたかった。だが、明子は佐伯に迫られたことに気が動転し、謂れのない罪悪感を感じていたために、西田に相談することも、適切な処置をすることもしなかった。だが、たとえ明子が、消毒や抗生剤の投与に思い至ったとしても、その時にはもう施設には十分な薬剤は残されてはいなかった。

14　隅田川の水死体

隅田川で老齢の男性の水死体が発見された、とテレビのニュースが報じていた。

発見者は、近所に住むサラリーマンで、日課としている朝のジョギング中に川に浮かぶ遺体を見つけ、警察に通報したということだった。

所轄の中央署では隅田川から上がった身元不明の遺体について、事故と事件の両面から捜査を進めていたが、大方の見方は事故に傾いていた。酔っ払いが足を滑らせて川に落ちたのだろう、ということだ。

ところが検死の結果が上がってきて、酔っ払い云々の前提が崩れることになり、事件の線を潰す必要が出てきた。捜査会議が開かれ、捜査の方針が示されることになった。

若い刑事が検死報告を読み上げ、説明する。

「検死の結果、死因は溺死でした。肺内には淡水が充満しており、肺胞内から発見された微物としては、数種の淡水生のプランクトン、淡水生の藻の種子が発見され、特に注目すべきものとしては、ツツイトモの種子が発見されました。これは溺死の起こった場所の特定には大いに役立つということでした。遺体のズボンの裾の折り返しからもツツイトモの断片が発見されていることから、ツツイトモの棲息する池沼で溺死した可能性が極めて高いということです。ツツイトモは絶滅危惧種のリストにあり、生息域は極限《かぎ》られていて、遺体発見場所の隅田川には棲息しておりません。都内周辺、隅田川流域では、皇居のお濠にしか生息しておらず、溺死の場所としては、皇居のお濠が最有力だということです。したがって、皇居の濠で溺死した遺体が隅田川で発見されたことになります。ちなみに遺体の血液からはアルコールは検出されなかったということです」

主任が言葉を挟む。

「ってことは、こういうことか？　お濠で溺死した御遺体が隅田川まで流されたか、濠で溺れたもんを誰かがわざわざ隅田川まで運んだってことかい？　おい、誰か。お濠の水はどうなる？　どっかへ流れるのか？」

　検死報告を読み上げた刑事が答えた。

「調べたところ、桜田門付近の桜田濠の水は凱旋濠から祝田橋を経て、日比谷濠へと流れ、日比谷交差点辺りで下水道に流れて行きます。大手濠の水は桔梗濠から和田倉濠、馬場先濠を経て日比谷濠に入り、やはりこれも下水道に流れ込みますが、これに対して、水位の一番高い、半蔵濠の水は千鳥濠、九段下の牛ヶ淵を経て清水門脇の水門から日本橋川方面へ流れています。日本橋川は永代橋付近で隅田川に合流しますから、遺体は半蔵濠から千鳥ヶ淵、牛ヶ淵までのどこかでお濠に落ちて、清水門脇の水門から日本橋川に至り、隅田川まで流されたことになるかと思われます」

「検死では死後どれ位だって？」

「遺体の腐敗状況から死後一週間から十日位だろうとのことです」

「確か一週間位前、夜中から大雨が降った日があったな。翌日も翌々日も結構降った」

「確か四月十二日です」

　大向こうから声が掛かる。

「その雨で濠の水量が増えて遺体を隅田川まで流したということか」

「その可能性が高いですね」

「よし、四月十二日の雨の日の前後で、千鳥ヶ淵近辺の濠に人が落ちたような事案がなかったかどうか。争っている人間や不審者の目撃情報がないか、不審車両を見たものがないか。一班、交番や近接する所轄にも当たってみてくれ。二班、周辺に監視カメラの設置してあるところがあれば、画像の提出をお願いしろ。三班、濠の辺りを流しているタクシーの会社にもそのへんでおかしなものを見たり、不審な客を乗せたドライバーがいないかどうかあたってもらってくれ。よし、みんな持ち場に就け」

「はい」

その場にいた数名の刑事達が大きく返事をすると、それぞれの役割を果たすべく、一斉に刑事部屋を飛び出して行った。

しばらく水に漬かっていたらしい死体の身元の判明には時間を要したが、数日後、出されていた捜索願と死体の着衣の特徴が一致し、家族によって遺体は山村元一、七十八歳と確認された、との続報が報道された。

＊

遺体の身元が判明したとニュースが流れた翌日、紘一のもとに西田から電話が入った。

「もしもし。西田ですが」

西田の声には心なしか不安の色が混じっているように感じられた。

「ご無沙汰しています。わざわざ先生からお電話をいただくとは恐縮です、どうなさいました？」

「隅田川の溺死体のニュース、ご覧になりましたか？」

「ええ、テレビで。それが何か？」

「あの山村という男は、元七三一部隊の軍医少佐でした」

「え？」

紘一は一瞬事態が呑み込めなかった。

「佐伯の直属の上司でした」

「つまり？」

「彼は恐らく、あなたのご著書を読んで、佐伯があなたとお会いしたと思ったのでしょう。そう推察できる記述が御本の中に何か所か見受けられました」

「それが山村さんとかおっしゃる元七三一部隊の軍医の方の死と関係があるのでしょうか？」

「さあ、そこまでは。ただ、時期的に無関係とも言えない気がします。本の中で、ウイルスやワクチンについて触れた部分があったでしょう？　あの部分は主に私がお話ししたことが元になっていると思いますが、七三一時代、そのウイルスの継代培養や、ワクチン開発の研究を中心となってやっていたのが、山村さんと佐伯だったのです。だから、何も知らずに山村さんがあの部分を読めば、あなたに証言した情報源として真っ先に思い浮かぶのは佐伯だったでしょう。それで彼から佐伯に連絡をとった可能性がある」

「だとすると？」

「そうですね、七三一には部隊の秘密を墓場まで持っていく、という暗黙の了解、というか命令がありそうです。彼は戦前戦中の厳しい軍律の中にいた軍人でしたから、佐伯があなたの取材を受けて話をしたというのは、部隊と国に対するとんでもない裏切り行為に思えたかもしれません。また、そのことがクローズアップされることで、ひっそりと身を隠すようにして生きてきた自分に火の粉が降りかかるかもしれない、そう思って、問いただそうと佐伯に接触した可能性は大きい」

「なるほど。私の著作が彼の死に大いに関係したかもしれない、ということですね」

「可能性がある、というだけですが……」

「遺体の死因は溺死、とだけ。事故か事件かはまだ警察も判断しかねているようですね」

「私の印象では事故ではない気がしますが」

「申し訳ないことをしました」

「いや、あなたが責任を感じる必要はありません。遅かれ早かれ、こういった不慮の事故は起こり得たことです。その被害者が、彼か佐伯か私か、他のたくさんの七三一部隊の生き残りたちの誰であってもおかしくない。今までも、その秘密に耐えかねて自ら命を絶ったものも多くいることでしょう。山村さんも、もしかしたら自殺だった可能性だってある」

「もし事故でも自殺でもなかったら、殺されたことになりますか？　その犯人は七三一部隊の関係者の可能性が高い？」

「そうですね。それを恐れています」

「佐伯さんの可能性が高いと？」

「そうは思えませんが、直接手を下したということではなくても、会談中に何らかの不測の事態があったとか、会いに行く途中や会った後で、土手から足を滑らすとか、暴漢にからまれて誤って濠に落ちたとか、なんらかのトラブルに巻き込まれた可能性もある」

「わかりました。心に留めておきます」

「いらぬことを言ったかもしれませんね。このタイミングで七三一部隊関係者の不慮の死はどうにも気になったもので」

「いえいえ。わざわざお知らせいただいてありがとうございます。先生もどうか、お気をつけください」


電話は切れた。


（元七三一部隊の将校の不慮の死。私の著作と関係があるのだろうか。山村氏が死ぬ前に会った人がいたとして、それは果たして佐伯なのだろうか。もし、佐伯が山村氏に会ったとして、佐伯は今更人殺しをするだろうか）

西田からの電話を切った後、紘一は延々と答えの出ない自問自答を繰り返した。

*

捜査で得られた情報を自席で整理していた安村が、再び聞き込みのために外へ出ようとすると、一課長の鈴木に呼び止められた。

「安村、ちょっと」

「はい」

安村は、物言いや物腰の柔らかさが、その端正な容姿とも相まって、聞き込みに回った際の好感度は抜群で、さらに、人の話を引き出したり、本人の忘れていたようなことまで思い出させて聞き出したりする能力には定評があり、三十代後半に差しかかったばかりの若手だが、その実力は、老獪なベテラン刑事を凌ぐものがあった。

安村が机の横を回って課長のところまで来るのを待って、鈴木が話し始めた。

「お前は人当たりがいい。辛い仕事だが、藤井と一緒に遺族に当たってくれ。誰かと会う約束はなかったか、どこかに行くと言っていなかったか。現在何かトラブルを抱えていなかったか、何か普段と変わった様子はなかったか。それと本人の経歴、友人関係。家族構成や、家族関係についてもだ。昨今は家庭内でのほんの些細な行き違いから、家族が家族に対して凶行に及ぶ事案も多い。とにかく情報を集めろ」

「はい。了解しました」

安村は鈴木の要望を十分に理解した。

山村の死には他殺の可能性がある、と一課長は考えている、いうことだ。

山村の死が他殺と判断されたとき、他殺の原因になるようなものがあったのか、否か。細大漏らさず聞き込んで来い、そういうことだった。


山村の住まいは群馬県の北東部のK村であった。

新潟、福島、栃木と県境を接し、関東地方では唯一の特別豪雪地帯であり、冬場はスキー客で賑わう。

安村と藤井が山村の実家を訪ねた時には老妻が留守番をしていた。

あらかじめ近所で訊いたところでは、村で診療所を営んでいた山村の跡を息子が継いでいて、その息子は父親の変死のために東京と群馬を頻繁に往復しているため、この数日は臨時休診となることが多かったという。


「東京中央署の安村と申します。こちらは同じく藤井刑事。このたびはご愁傷さまでした。このような時に大変恐縮ですが、山村さんの死亡についての捜査のために、いくつかお話を伺わなくてはいけなくなりました。よろしいでしょうか」

「はい？　お父さんは今朝も仕事に出かけましたよ」

安村は藤井と顔を見合わせた。

「それは元一さんのことですか？」

「そうですよ。うちにはお父さんは一人しかいません」

「あの、息子さんではなく？」

「息子は今、東京の大学ですよ。帰って来るにはまだ数年かかります」

安村は気づいた。この老女の時間は数年、あるいは十数年前で止まっている。

「元一さんのことを少し教えていただけますか？」

「はいはい、なんでしょう？」

「最近のご様子で何か変わった所はなかったですか？」

「いっつもおんなじ。仕事ばっかりでね。いえね、診療所は混むわけじゃないんですよ、この人口ですからね。でも、暇があっても、どっかに出かけるとか、そんなことはなくて、終業の時間になるまでずうっと診療所にいて、終わると帰ってきて、食事して、勉強して、風呂に入ったら寝るんです。何が楽しくて生きているんだかね。今も診療所のほうに行ったら会えますよ」

やはりだ。

この婦人は痴呆症を患っているらしい。意味のある情報を得られるだろうか。

「すみません。元一さんはこちらで開業される前はどちらにいらしたんですか？」

「大陸ですよ。満州。戦後やっとの思いで日本に帰り着いて、食べ物も満足になかったから、親戚を頼ってここにきたんです。ここなら幾らかの食べ物は畑にあったし、病気を診てあげたら、野菜やなんか、代金の代わりに持ってきてくれたもんです。お金はありませんでしたがね。それでも飢えはしなかった。お父さんの仕事のおかげですね。だから、どこにも連れてってくれない、と文句を言ったら罰が当たりますね」

「満州ですか……。その頃のお知り合い、お友達とかとは、今でも連絡を取り合っていたりするのでしょうか？」

「なぜかね、それが全くで。お父さんも連絡を取ろうとしなかったし、その頃の知り合いから連絡が来ることもなかった。なんでかしらね」

昔のことはよく覚えているようだ。

「もし、今、元一さんが出かけるとしたら、どこでしょうね」

「そうねえ、千鳥ヶ淵の戦没者墓苑かしらねえ。あれが開園した時、一度はお参りしなくちゃな、って言ってましたよ」

（千鳥ヶ淵！）

「満州のどちらでした？　軍隊ですか」

そこで老女の顔色がさっと変わった。表情が硬くなり、ことばは出てこなかった。

「どうかしましたか？」

「……言っちゃいけなかったんだ。私ったら。お父さんに叱られる」

「ごめんなさい。もう、何もお話しできないわ」

「え？」

それからは、どんな質問をしてもだめだった。頑なに口を閉ざし、ただ、ごめんなさい、ごめんなさい、と繰り返すばかりだった。その謝罪のことばは、質問に答えられないことに対する安村に向けられたものなのか、夫から口外してはいけないと言われていたことを口にしてしまったことに対して夫に向けられているものだったのかはわからなかった。

安村は藤井に目配せすると、聞き込みを切り上げて帰路に就いた。

*

二日ほどでタクシー会社からあたりがあった。

十日ほど前の、夜半から雨の降りだした日の午後八時頃、代官町通りから内堀通りへ出ようと、千鳥ヶ淵交差点の赤信号で停車していた時、老齢の紳士二人が、千鳥ヶ淵に沿った歩道を日比谷方向へ歩いて行くのを見かけた。今にも降り出しそうな空で、タクシーを拾う気になるのではないかと思ってゆっくり横を通ったのでよく記憶していた。

夜間にはあまり人通りの多くない所を男二人が何か剣呑な雰囲気で話しながら歩いていて、カップルでもないのに千鳥ヶ淵公園あたりを歩いているのを、信号が青に変わって内濠通りに左折しながら何となく違和感を覚えながら見ていた、ということだった。

「遺体の可能性のある人影が一人ではなく、二人連れだったとすると、単なる事故だとしても、もう一人が事情を知っている可能性があり、事故でなければ、もう一人は重要参考人ということになるな。千鳥ヶ淵公園辺りを歩いていたとすると、本店（警視庁）の防犯カメラに何か写っているかもしれない」

遺体は千鳥足になるような酩酊状態ではなく、一人でもなかった可能性が出てきた。捜査に当たっている刑事たちの間では、これは単なる事故やましてや自殺などではない、という見方に変わってきていた。

やがて隅田川水死体事件として中央署に帳場（捜査本部）がたった。

＊

第一回捜査会議。

中央署の警察署長以下幹部達と本庁から派遣された管理官はじめ捜査官全員の顔合わせの後、早速、中央署の捜査で現在まで判明している事実の報告が行なわれた。

まず、遺体の概要については安村が報告した。

「山村元一。大正六年生まれ七十八歳。戦後早い時期から、群馬県K村で診療所を開設しています。現在は息子の格《いたる》が跡を継いでいますが、最近でも時々診療所に出て、古くからの患者の診察をしていたようです。妻が痴呆症を患っているため、最近の山村についての重要な情報は得られませんでした。家庭内には特に問題はなかったようです。

経歴ですが、妻の証言により、満州で軍医をしていたらしいことがわかり、当時の軍人の記録を厚生省に問い合わせたところ、終戦時は旧陸軍の関東軍防疫給水部所属の軍医少佐だったことが判明しました。妻は、過去の古いことについては、比較的良好に記憶しているようです。

帰国後は現住所に診療所を開設し、ほとんど遠出することなく、診療所と隣接する自宅との往復、日常の診療に明け暮れていたようです。友人との付き合いはほとんどなく、隠遁生活のような暮らしぶりだったとのことです」

「めったに遠出しない人間が東京のお濠で溺れる……か」

何か意味深な口調で鈴木一課長《いっかちょう》が呟く。

「それと、今回の件と関係があるかどうか、遠くへ出掛けたがらない山村が、生前に、千鳥ヶ淵戦没者墓苑は一度訪れないといけないな、と話していたことがあったそうです。今回の溺死の現場と思われるところからそう遠くありません。何か関連があるのでしょうか。報告は以上です」

「千鳥ヶ淵戦没者墓苑、か」

一課長がその言葉をかみしめるように言った後、ことばをついだ。

「関東軍防疫給水部と言えば、いわゆる七三一部隊だな、かの『悪魔の飽食』で一躍脚光を浴びた。山村がそこの軍医だったとすると、戦時中はかなり悪どいことをしていた可能性もある。聞くところによると、満州から撤退する際、満州での七三一部隊の実態については一切口外しないように、もし口外するものがあれば、この石井がどこまでも追って行く、と当時の責任者だった石井軍医中将は訓示したそうだ。それゆえ戦後何十年も七三一部隊の行状について大っぴらに証言する者がなかったのだろう。山村の隠遁生活にも、この辺りに原因がありそうだな。それにしても、その山村がなぜ都内の、皇居の堀端なんぞにいたんだろう」

「あの、一課長」

会議室の後方にいた刑事が手を挙げた。若手の藤井巡査部長だった。この春から晴れて刑事として捜査を行なっている。

「なんだ?」

「七三一部隊で思い出したのですが、最近七三一部隊に関連して、新刊本が出ています。数年前、新宿戸山の国立予防衛生研究所の建て替え工事、つまり、旧陸軍軍医学校跡地の、かつて防疫研究室のあった場所で、厚生省戸山研究庁舎建て替え工事が行なわれた際、建築現場から複数の人骨が発見されたことがありました。その人骨の由来と七三一部隊との関連について調査し、かつての七三一部隊員だった方達にも話を聞いて回って書かれたというノンフィクションです。

その中で、もしかしたら今回の事案と関係しているかもしれないと思われる記述がありました。すみません、その本、取ってきてもよろしいですか?」

「ああ、持って来い」

促されて藤井は自分の机に置いてあった本を取って戻り、内容を参照しながら、再び発言を始めた。

　これまでにも、七三一部隊に関する研究本、ドキュメンタリーは多数ありましたが、この本が今までのものと一線を画するのは、新宿戸山で発見された人骨と七三一部隊との関連を指摘していること、それから当時七三一部隊では、今で言うところのウイルスと思われる病原体についても研究が行なわれていたことに触れている点です。その病原体の人体を使った継代つまり培養ですが、感染実験やワクチンの生成、ひいては、ウイルス兵器としての開発の可能性についても研究が行なわれていたことにも言及しています。

　さらに、現在における製薬会社とワクチン製造や生物兵器製造との関連、それらと七三一部隊の活動、元七三一部隊員との関係まで、かなり踏み込んだ記述がみられ、随分際どいところをついたものとなっています。こういった視点で書かれた七三一部隊関連の本は、かなり特異なもので、これまでの私の記憶にはありません。部隊員に対し、部隊の活動に関しての事実秘匿の厳命があったとすれば、忠実に命令に従った者にとっては、この本は許し難いもの、少なくとも晴天の霹靂と映ったのではないでしょうか」

　この刑事は中々の読書家、歴史好きと見て取れた。

「その本の著者はどんな人物だ？　歴史学者とかノンフィクション作家とかなのか？」

「著者はフリーのジャーナリストだということです。戸山の人骨発見のニュースに触れ、個人的な興味から調査が始まった、と著書のあとがきにはあります。最近では著者のメディアへの露出も増えています」

「人骨発見のニュースに随分とご執心だったんだな。何がそんなに彼を惹きつけたんだろうな。いくつぐらいの人物だ？」

「奥付に書かれた経歴によると、昭和八年生まれで、現在は六十二歳。十二歳の時に東京大空襲で焼け出され、その時に母親も亡くし、戦後は浮浪児として過ごした後、私設の孤児院に収容され、その後子供を亡くした印刷工場を経営する夫婦のもとで、家業を手伝いながら大学まで通わせてもらい、今に至っています」

「戦争孤児でジャーナリスト。それとこの事件と、どう関係する？」

「はい。あくまで私見ですが、例えば、この著者、柏原紘一といいますが、執筆の過程で山村に接触、取材し、著作の内容に反映させていたと仮定して、オフレコのつもりで柏原に話していたのに、それを公にされてしまった山村が怒り柏原とトラブルになったという可能性はないでしょうか。あるいは、この著作に、山村にしか証言できないような事実の記載があったとしたら、この本を読んだ七三一部隊関係者には、そのことがわかった者がいたかもしれません。秘密の保持を厳命されていた元部隊員としては山村を許せない、と考えた者があり、その者が山村と接触、凶行に及んだ、とか。あるいは、七三一部隊時代に山村が何らかの恨みを買っていて、著書によって山村の所在が知られ復讐された。など、何らかのアクシデントによって山村が絶命するに至った、という可能性も考えるべきだと思います」

「ふむ。さまざまな仮説を立てることはできるだろうが……、論理としては随分飛躍しているようにも思えるな。……誰か他に考えはあるか？」

一課長が会議室にいる捜査員を見渡して発言を求めたが、特に手を上げる者はいなかった。

「ま、他に事件の解決につながるような糸口がない現時点では、あらゆる可能性を考え、潰していく必要はあるな。よし、藤井、言い出しっぺのお前がこの線をあたれ。三班を使っていいぞ」

その後、会議は一時間程続き、その後、藤井と指名された三班の捜査員たちは、担当の割り振りをした後、捜査のため、捜査本部を出て行った。

15　警察の捜査

藤井はまず紘一に接触を試みた。

紘一は時々バラエティー番組や教養番組へのゲスト出演を依頼されるため、便宜上マネジメントを時空社の広報に頼んでいた。紘一の所在を知るため、できれば連絡を取るために、藤井は紘一の本の出版元である時空社に電話を入れた。編集長の賀川が対応した。

「東京中央署の藤井と申します。ある事件について、そちらから御本を出版された柏原紘一氏と連絡を取りたいのですが、連絡先をお教え願えないでしょうか。できればお会いしてお話を伺いたいのですが」

「さあ……。プライバシーにも関することなのでこちらの一存では何とも。どういった御用向きでしょうか？」

「そうですね……」

捜査情報は基本的に口外してはいけない。藤井は少しの間迷ったが、捜査のために最小限の情報を伝えることは必要と判断した。

「実は、最近、中央区で発見された水死体に関して、柏原さんに何か心当たりがないか、ということなのですが」

「中央区の水死体と柏原氏に何か関係があると？」

「いや、そうではなくて、あくまで情報収集の一環です」

しばらく間があった。

「わかりました。柏原氏に連絡を取ってみます。その上で改めてこちらからご連絡を差し上げる、ということでよろしいですか？」

電話を切ると賀川は紘一に電話をかけ、警察の意向を伝えた。官憲の横暴を嫌う賀川ではあったが、人一人が亡くなっている事案についての捜査関連とあっては、無下に断るわけにもいかない。

「そうですね。実は、この本の取材中にお世話になった西田先生から連絡がありました。その水死体で発見された方は元七三一部隊の軍医だった方のようです。私は直接お会いしたことはないし、全く存じ上げない方なので、御社に御迷惑のかかるようなことはないと思いますが、どのみち、警察の方とはお話しなくてはいけないでしょうね。わかりました。大変申し訳ないのですが、賀川さんも立ち合いの下で警察の方と面談するということでお願いできないでしょうか？」

「わかりました、ではそのように連絡を取ります。日時や時間はまかせていただいてもよろしいですか？」

「もちろんです」

「では、後程」

電話を切ると、賀川は中央署の藤井に連絡を入れ、紘一との面会の手はずを整えた。


翌日、紘一と賀川、藤井と安村は時空社の応接室——と言っても、パーティションで仕切られた、ごく簡単なソファセットとテーブルの置いてあるだけのスペース——で面会した。

「中央署の藤井と申します。こちらは同じく安村。本日はご足労いただきありがとうございました」

藤井は身分証を示してから、連絡先の書いてある名刺を渡した。

「今日は、どういったご用件ですか？」

「はい。早速ですが、先日隅田川で水死体が発見されたことはご存知ですか？」

「はい。ニュースで見ました。確か、事故と事件の両面から捜査されているとか」

「その通りです。身元も判明しているのですが、死亡に至った経緯がどうも不明でして」

「ふむ。それで、私に何か？」

「はい。先ごろ、柏原さんは御本をお出しになられましたよね。新宿戸山で発見された人骨と旧陸軍七三一部隊との関連についてお書きになった」

「はい」

「そのことについて二〜三、お伺いしたいのです」

「なんでしょう？」

藤井は手帳を開いてメモの準備をしてから質問を始めた。

「率直に伺います。柏原さんは亡くなられた山村さんとはご面識がおありでしたか？　執筆にあたって、何か山村さんに取材されたようなことは？」

「ありません」

「山村さんについては全くお知りにならない、と？」

「そうです」

「では、山村さんが元七三一部隊の軍医であったこともご存じない？」

「……」

ことばに詰まった紘一を藤井は見逃さなかった。

「ご存じなんですね」

話す義理はない、と思いながらも亡くなった人のことを考えると、事故なのか、事件なのかは別にしても、真相が明らかになることを願うのは、ジャーナリストとして、人として当然だろう。紘一は腹を決めて話し出した。

「山村さんという方が亡くなられたという報道の少し後に、実際にお話を伺った元七三一部隊員だった方から連絡をいただきました」

藤井の心は逸《はや》った。

「何と？」

「亡くなられた山村さんという方は、元七三一部隊の軍医少佐であった、と」

「その時、初めてお知りになった？」

「そうです」

「そうですか」

藤井は何かを考えるような表情になった。

「お差支えなければ、その連絡をいただいた方のお名前をうかがってもよろしいでしょうか？」

「さあ、それは。私の口からは申し上げられません」

少し間があいた。

「では、ちなみに、お住まいは？　都内ですか？」

「いや、京都です」

「京都ですか……。しょっちゅう上京される方ですか?」

「どうでしょう。お仕事の関係でたまには上京されることもあるでしょうが、お仕事の拠点が京都ですから、上京の頻度はさほど高くはないのではないでしょうか」

「その方にお話を聞くことはできないでしょうか。連絡を取ってみていただけませんか? ご遺体の捜査に関わることです」

嫌疑がかかっているわけでもない紘一や西田には、正式な要請がない限り、取り調べを受ける謂《いわ》れはないはずだ。とも思うが、ここで拒否したとしても、必要なら強制的にでも話を尋《き》く、ということなのだろう。であれば、ことが荒立つ前のほうがいいのかもしれない。紘一は素早く状況を判断して、とりあえず先方の意向をきいてみる、と答えた。藤井と安村は一応は納得して引き上げていった。

紘一は賀川に礼を述べ、帰宅して西田に連絡を取った。

「西田先生、亡くなった山村氏のことについて、今日警察の方と話しました。七三一に関する私の本との関係も少し考えているようでした。山村氏について知っていることは話さざるを得ず、さる方から聞いたとだけ話しましたが、先方は西田先生にもお話を伺いたいようでした。申し訳ありません、私の本のせいでご迷惑をおかけします。先生のことをお話ししてもよろしいでしょうか?」

電話の向こうで少し考えているようだったが、やがて答えた声には不快感は感じられなかった。

「大丈夫ですよ。山村さんとは終戦以来お付き合いはなかったですが、それでも同じ隊にいた者ですから、事故なら事故、事件の可能性があるならきっちりと解明して犯人がいるなら捕まえないといけません。伝えて下さっていいですよ、かまいません。下手に隠し立てして痛くもない腹を探られるほうが面倒です」

「すみません。では、伝えます」

＊

二日後、藤井と安村が京都に出向き、西田の勤務先で面会することになった。

京都、山科医科大学、西田の教授室。

藤井と安村は名刺を出して自己紹介をしたあと、かつての紘一と同じように、西田と応接テーブルを挟んで向かいあって座っていた。

「さっそくですが、先生は山村元一さんを御存じですね?」

「はい。軍隊時代、部隊が一緒でした」

「部隊というのはハルピンの七三一部隊のことですね?」

「そうです」

「先生は最近、山村さんにお会いになりましたか」

「いいえ。最後に会ったのは、もう、数十年も前になります」

「お亡くなりになったのは御存じですか？」

「ニュースで知りました。驚きました」

「山村さんの死に関して、何か原因に思い当たることはありますか？」

「さあ。最近の消息も存じあげておりませんので」

「山村さんに限らず、同じ部隊に所属された方が、あのように突然亡くなられたとしたら、何か原因として考えられることが、先生にはおありですか？」

「いや。……特には」

「そうですか。では、先生は柏原さんとはどういった経緯でお知り合いになられたのですか？」

「ああ、それは、もう五年ほど前になりますか、新宿戸山で古い人骨が発見されたという出来事があって、そのことについて彼は一年半ほど、個人的に調査をされていたそうですが、三年半位前に取材ということで私を訪ねていらしたのです。まあ、それは口実だったのでしょうが、それがお会いした最初です」

「口実というのは？」

「柏原さんは、新宿戸山で発見された人骨について調べるうち、私がかつて七三一部隊の軍医として従軍していた事実を知ったのです。それで話を聞きにきた。取材というのは、私に会うための口実だった、ということです」

西田は自分がかつて同じ七三一部隊で働いていた紘一の姉柏原明子と恋仲であり、そのことを調査の間に知った紘一が、自身の姉のことと、西田との関係を問い質しにきた、とはさすがに言えなかった。

「どんなお話をされましたか」

「発見された戸山の人骨と七三一部隊との関連について私の意見を訊きたい、ということでした」

「それで?」

「確かに新宿戸山は旧陸軍軍医学校の跡地であり、七三一部隊はその直属の組織ではあったが、私自身は戦前から終戦まで満州にいて、戦時中の東京の軍医学校のことまでは知らない、と答えました」

「それから?」

「後は戦時中の思い出話です」

「他に元七三一部隊員についての話はありませんでしたか?」

少しだけ西田の目が動いたことを藤井は見逃さなかった。

「その時はなかったですね」

「柏原さんが七三一部隊について調査していたのに、他の隊員などのことについては話題にのぼらなかった、と?」

明子のことはどうも話しにくい。明子も広い意味では七三一部隊員には違いない。

「もう何十年も前の話です。こちらは取材のつもりでいて、予想外に部隊について尋ねられたわけですから、咄嗟には何も出てこないですよ」

「満州でのことはかなり衝撃的な体験で、なかなか忘れられないことだったのではないかと思うのですが……」

藤井はなおも食い下がった。

「なにしろ、突然だったもので」

「では、今ではもう、いろいろ思い出されましたか？」

「……。そうですね。彼が訪ねてこられてから、いろいろ思い出したことはありました」

「たとえば？」

藤井の目と言葉はかなり挑戦的になっていた。なんとしても山村の事件との接点を見出そうという意気込みが見て取れた。

「しばらくして、七三一部隊での業績を生かして日米の製薬会社で活躍し、今でもほぼ現役と言える知人を思いだして、柏原さんに紹介しました」

「先生はその方とはお会いになっていない？」

「つい最近、ある学会で偶然再会するまで、もう十数年もお会いしていませんでした。その十数年前の再会も、学会で偶然お見掛けして立ち話をした程度で、その後はお会いしていません。私は電話で柏原さんとの面会の手筈を整えただけです」

その言葉に嘘はなさそうだ、と藤井は思った。

「その方と柏原さんはお会いになったのですね？」

「ええ」

「いつ頃でしょうか？」

「そうですね、こちらに訪ねていらして半年位後でしたか」

「三年から二年半程前ですね？」

「そうなりますか」

「その方か柏原さんが山村さんに会ったという可能性はありませんか？」

「どうでしょうか。可能性としては全くないわけではないでしょうが……。柏原さんからは山村さんに会ったというお話はうかがっていません。私も紹介はしていません。もう一人、私が柏原さんに御紹介申し上げた方については、私には何とも言えませんね」

「ところで、その方のお名前を伺っても？」

「う〜ん。お立場を考えると、どうしたものか……。でも、捜査に必要なことなのですよね」

「はい。必要となれば、正式に事情聴取をすることになるでしょう」

少しの間があった。

西田は、佐伯の名前を明かすことで、佐伯に迷惑を掛けることになる、佐伯から非難を受けることになる、ということを危惧する一方で、いずれ佐伯の名が判明するのは避けられない、遅かれ早かれ佐伯は事情聴取されることになるだろうということも十分予想できた。そのはざまで少しの間逡巡し、やがて答えた。

「わかりました。その方は佐伯幸次郎氏。七三一部隊当時、山村さんの直属の部下だった人物で、現在はアメリカに本部のある外資系製薬会社、NTE日本支社の顧問をしておられます」

「では、東京在住の方ですね？」

これは当たりかもしれない、と藤井は思った。

「と思いますが、日本とアメリカ、その他世界中を飛び回って会議に出席したり、講演を行なったりなどしているようですよ」

「なるほど。最後にもう一つ。ちなみに四月十二日前後、先生はどちらにいらっしゃいましたか？」

「その辺りは四月十一日から十三日まで、京都で学会の年次大会の主催をしていたのでずっと京都にいました。前日の十日から、日中は座長としての司会や幹事会、夜間も毎晩、国内外の招待教授の接待で京都の料亭のはしご、十四日は後始末に追われていましたよ」

「いろいろ不躾な質問にお答えいただきありがとうございました。大変参考になりました」

無類の甘党である藤井は、西田の部屋を辞すると、鍵善良房の葛切りに後ろ髪をひかれながらも、安村と共にそのままJR京都駅へ向かい、駅に着いた時点で一番早く乗れる新幹線で帰京した。

＊

夜十時前には東京中央署に帰り着き、その足でまだ数人の刑事達が残る捜査本部に行った。藤井達の帰りを待っていたと思われる一課長の姿を見つけると、報告に向かった。

「手応え、あったか？」

藤井達の姿を認めた鈴木一課長が、彼らがまだ一課長の所に辿り着く前に訊いてきた。

「はい。京都の西田には、当時京都にいてアリバイがあります。四月の十一日から十三日まで西田は学会の主催を務めていて、日中も夜間も学会や会議、接待などで多忙でした。その前後二日も含め、京都を離れたとは考えられません。後程学会事務局に確認します。ただ、彼から、他に本の著者の柏原が接触した可能性のある元七三一部隊員についての情報を得ました」

「それは？」

「はい。七三一部隊時代、亡くなった山村の直属の部下で、佐伯幸次郎という、現在外資系製薬会社の日本支社顧問をしている人物です」

「その人物と山村の溺死とはつながりそうか？」

「はい。佐伯幸次郎は、柏原が本の執筆の過程で取材にあたった何人かの元七三一部隊員のうちの一人であることは間違いありません。これは西田に確認しております。おそらく、山村も取材を受けた元部隊員のうちの一人だったのではないでしょうか」

「取材対象になったことと、溺死することになったことに、因果関係があると思うのか？」

「まだわかりません。ですが、柏原にもう一度話を聞かなければならないと思います」

「わかった。そうしてくれ。ご苦労だった。夜が明けたらまた行動開始だ。今夜は帰ってゆっくり休め」

「ありがとうございます。少し状況を整理してから帰ります」

「うむ。無理するなよ。捜査はこれからだ」

そういうと一課長は捜査本部を出て行った。


京都から戻った翌日、藤井はコンビを組む安村と共に再び紘一のもとを訪ねた。今回は前回会った時に聞きとっておいた紘一の自宅だった。

「今日はどういった？」

「確認です。柏原さんは亡くなられた山村さんにはお会いしたことがなかったのですよね？　御著書の執筆の過程で取材もなさらなかった？」

「はい。お会いしたことはありません」

「他にお会いになられた元七三一部隊員の方は？」

「元七三一部隊の看護師さんだった方と、七三一部隊で軍医たちの実験の助手のようなことをされていた方がおられました」

「その方は今どうされていますか？」

「看護師さんだった方は、山梨のほうにお住まいです。奥さんをなくされた開業されているお医者さんの後妻さんになって、御主人が亡くなられた後は義理の息子さんと平穏に暮らされていました。軍医たちの実験の助手のようなことをされていた方は、お会いした当時はもうだいぶ弱っておられて、房総にある介護施設に入居されていましたが、お話を伺ってからしばらく後にお亡くなりになりました」

「いつ頃お亡くなりになったのですか？」

「亡くなられたのは三カ月ほど前です。ご病気、というか、老衰でしょうか」

「なるほど。他には？」

「まあ、当時の部隊員やKの集落の方達、ですね」

「その中で山村氏とトラブルになりそうな人にお心あたりがおありではありませんか？」

「さあ。私にはわかりかねます」

「そうですか。取材で会われた方のお名前などお教え願えないでしょうか？」

「それは、困るな。取材元は我々にとっては命綱ですから」

「そこをなんとか」

しばらく押し問答が続いたが、藤井は背に腹は代えられないと思ったのだろう、さらに手の内を晒した。

「実は、この事案は事故ではなく事件ではないかとの見方が強まっています。殺人の可能性があるということです。七三一部隊の元軍医の不審死として特殊な背景があるかもしれません。真相究明には柏原さんの取材過程が是非とも必要なのです」

警察が一般人から情報を引き出そうとするとき、特に、いくらかでも嫌疑がありそうな人間に対する時は、きわめて横柄な、高圧的な態度をとることが多い。そんな扱いを受ければ、紘一は意地でも答えてやるものか、と思うが、目の前の刑事はまだ若く、国家権力というものにまだそれほど毒されてはいないようだ。低姿勢の刑事を前に、紘一はとうとう折れた。なんといっても人の命が奪われているのだ。

「そうですね。ご存命の方では佐伯さんという元軍医だった方ともお会いしました」

「その方はどういった方ですか?」

「佐伯さんは世界を飛び回られている方のようで、今どちらにいるかは、私は存じ上げませんが、彼がお勤めの会社でしたら今どこにいらっしゃるか把握しているのではないでしょうか」

「お勤めの会社はどちらですか?」

「NTE社という外資系製薬会社の日本支社、顧問を務めておられます」

(西田の証言と一致する)

「NTE社ですか。わかりました。佐伯さんと連絡を取るのは難しいでしょうか?」

「私では難しいですね。以前に一度お会いしたときも、京都の西田先生に連絡をとっていただいたのです」

「そうですか。では会社に問い合わせてみることにします。くどいようですが、柏原さんには山村さんが亡くなった経緯について何かお心当たりはありませんか？」

「ありません」

「そうですか。……では、今後何かお気付きになったことがあれば、ご連絡いただけると助かります」


藤井と安村は柏原のもとを辞した。


度重なる警察の訪問を受けて紘一は考えた。

（山村さんという人の死に自分が関わっていると疑われているのだろうか。私の著作がもしかしたら山村さんの死の遠因にはなったかもしれない、その可能性は否定できないが、それにしても私が疑われるとは……）

＊

藤井と安村はその足でＮＴＥ社を訪れた。

前もって来訪を知らせるよりは不意に訪問して必要な質問をしたほうが、真実に近い情報を得られる。質問される側に前もって質問に対する答えを準備する時間的余裕があれば、どうしてもその答えは本人にとって都合のよいものになりがちだからだ。

受付で中央署の刑事だと名乗り、佐伯の動向を尋ねると、佐伯は海外出張中で、帰るのは今週末、出社は来週始めになるという。藤井は、一旦は帰ろうとしたが、思い直して四月十二日近辺の佐伯の所在について尋ねた。

「少々お待ちください。上の者に相談して参ります」

受付嬢は席を外し、まもなく上司と思われる男性社員と戻ってきた。

「秘書課長の副島と申します。佐伯についてお尋ねのようですが、どういった御用向きでしょうか？」

「中央署捜査一課の藤井と申します。こちらは安村。捜査上の事柄に関して参考までに佐伯さんにぜひご助言をお願いしたいことがございまして、できれば、お会いしてお話を伺いたいのですが。詳しいことは捜査の都合上、佐伯さんご本人以外にはお話しするわけにはいかないのですが」

副島は少し考えるような間を置き、困惑したような表情を浮かべた。

「正式に協力要請という形をとってもいいのですが、それでは御社に何かとご迷惑をおかけすることになるかもしれません。個人的に佐伯さんとお話できれば、こちらとしては十分なのですが」

嘘も方便ということだ。正式な協力とは、例えば佐伯を署に呼びつけるとか、会社に対し捜索令状が出るなどという穏やかならざる事態になりうる、という言外の意味を汲み取る才覚があれば、副島は情報を提供するだろう。

やがて副島は藤井に向かって言った。

「わかりました。わかる範囲でお答えします」

（よしっ）

藤井は、改めて佐伯の四月十二日の行動について質問した。

「ええ、その頃は東京にいらっしゃいました。確か、十二日の午後には雑誌の取材が入っていたと思います。確認いたしますので、少々お待ちください」

副島は秘書課へ内線を繋ぎ、役員たちのスケジュールを確認した。

「佐伯顧問は十二日午後一時から二時まで、経済誌のインタビューを受けていました。その前後の日には出張の予定はなかったようです」

「佐伯顧問は毎日出社されますか？」

「そうですね、出張や講演も多い方なので、日本におられるときには来客などの予定も多く、ほぼ毎日出社されます」

「そうですか。ありがとうございました。また伺います」

そう礼を言うと、藤井たちは出入り口の大きな自動ドアに向かって歩きだした。

（山村さんが亡くなったと思われる頃、佐伯氏は東京にいた。事故であれ、殺人事件であれ、佐伯氏が現場にいることができた可能性はある、ということだ）

捜査本部に帰ると、藤井は一課長に報告した。

「柏原という本の著者の印象は悪くありません。感触としてはシロです。山村とは面識がなく、嘘を言っているとも思えませんでした。一方、佐伯という元七三一部隊軍医の感触はよくありません。現在は海外出張中で不在。週末には帰国して、来週初めには出社するそうです。今日は木曜日。来週の月曜にはこの佐伯という人物にあたってみます。それまで、佐伯の周辺、山村さん死亡推定日時前後の足取り、アリバイなど、できるだけ裏を取っておきます」

「うむ、そうしてくれ。ぬかるなよ」

16　西田と佐伯の対決

西田は教授室の広い窓から、東山を後ろに控えた手前の緑の中に、所々に夕日を浴びた寺院の伽藍や塔頭《たっちゅう》の屋根や、仏塔が散見される様を眺めていた。

夕刻の梵鐘が響いてくる。この静寂の中にいると、あの戦争は悪夢だったとしか思えない。だが、あれは、まぎれもない現実だった。五十年経っても、あの悪夢は地獄から蘇ってくるように実態を現す。おそらく山村さんは殺されたのだ。あの満州での悪夢に。誰が殺したかは問題ではない。なぜ、殺されたか、あの悪夢に殺された、ということが問題なのだ。あれさえなければ、山村さんは命を落とすことはなかった。刑事達は犯人を捕まえるだろう。だが、それは、ほんの表面的な犯人だ。ほんとうの犯人は戦争という狂気なのだ。山村さんも、犯人も、戦争の被害者なのだ。

西田ははたと思い至った。

(佐伯が？)

(佐伯は私が紹介して柏原さんと面会している。佐伯が七三一部隊の深部まで話したとは思えないが、そこで話されたことが、新宿戸山で発見された人骨の由来に関する柏原氏の推論を裏付け、それを彼が世に問うことについての有力な後押しにはなっただろう。やはり、山村さんは、その本について佐伯に問い質したのではないだろうか。そこで何らかの行き違いがあったとしたら……)

西田は恐ろしくなり、考えるのをやめようとした。だが後から後から疑念が湧いてきた。

(佐伯と会わなければならない)

西田は佐伯の携帯に連絡を入れた。彼は今、海外に居るという。世界中どこにいても携帯は繋がる。週末の帰国を待って都内で会うことにした。

＊

週明け、藤井は佐伯の会社の受付を通して、佐伯との面会を果たした。

佐伯は動じた風もなく、藤井の誘導尋問に近い質問にも齟齬なくしっかりと答え、山村の死とは全く無関係である、という立場を貫いた。

山村の死亡推定日時前後数日、佐伯が都内に居たことは、会社への聞き込みではっきりしている。佐伯が不在の間に、捜査に関することとの名目で佐伯のマンションの守衛にも話を訊いた。守衛によると佐伯は、四月十日から十五日まで、日によって時間はまちまちだが、十二日以外は、いつもタクシーかハイヤー、もしくは会社のものと思われる運転手付きの車で帰宅していた。十二日だけは夜の九時少し前に、珍しく徒歩で帰宅している。その後大雨が降り出したので記憶していたという。これはいったい何を意味するのだろう。会社の車を使わなければ、少なくとも会社に居所を知られることはない。タクシーに乗らなければ、佐伯がどの辺りに居たのかを証明する者を少なくすることができる。徒歩圏内か地下鉄、都営バスなどを移動に利用したのではないか？　それらは、佐伯のいつもの移動手段ではないことは聞き込みにより明らかだった。

藤井は捜査本部に帰り、一課長に面会の様子について報告した。

「どうだ、佐伯の印象は？」

一課長が訊く。

「限りなく黒に近い印象です」

「うむ。根拠は？」

「仮に事件と仮定して、犯行の時間と場所は佐伯には実行可能です。犯行場所と考えられる千鳥ヶ淵から自宅のある勝鬨までは、少し移動すれば、都バスなどの公共交通機関を使っても、あるいは最悪徒歩でも帰宅可能です。タクシー乗車の目撃情報がないのも、都バスを使ったと考えれば説明できます。いつもの帰宅はタクシーか会社の車を使っていますが、山村の死亡推定日時の四月十二日だけ、佐伯は徒歩で帰宅しています」

「うむ」

「元戦友、しかもあんな特殊な経験を共有した戦友の死について語っているのに、死者に対する情が全く感じられません。意識的に感情を殺しているのか、表情から何か探られてはいけない、と身構えているせいなのか。いずれにせよ、山村の死と無関係なら、なおさら、驚きや悲しみが滲み出るはずではないかと思うのです」

「うむ。いい線だ。それで筋読みはどうなる?」

「はい。おそらく山村は死の直前、佐伯に会っています。何らかのアクシデントがあって、例えば言い争いとか、不幸にして山村が千鳥ヶ淵近辺のお濠に落ちた。そして、それを助けることなく、佐伯は帰宅した。後日、山村の死亡の場所や時間が特定されたとき、タクシーなどを拾って自宅に帰ったのでは足が付く、と思ったのではないでしょうか。自宅のある勝鬨なら、少し歩けば東京駅からでも、銀座からでも、その道すがらでも、晴海方面へ向かう都バスに乗れます。佐伯は都バスか徒歩で帰宅したのです」

「それだと、最低でも未必の故意の殺人ということになるな」

「はい」

「ただし、今のところは状況証拠だけだ。犯行が可能であった、という程度の証明にしかなっていない。確かな証拠が欲しいな」

「都バスを当たってみますか。夜半から大雨の降り出した日の夜だから、運転手の記憶に残っているかもしれません。夜間はバスの乗客もそれほど多いとは思えませんし」

「うん。そうだな。当たってみてくれ」

「はい」

「柏原のほうはどうなんだ？」

「彼については、確かに彼の本が犯行のきっかけになった可能性は高いですが、彼が直接山村の死に関係しているという印象は受けませんでした。ただ、彼は本の出版前に佐伯と面会していることは判明しているので、そのあたりから佐伯の動機を探れるのではないかと思います」

「もし佐伯が真犯人《ほんぼし》だとしても自白するはずはないか……」

鈴木一課長が思案顔でつぶやいた。

その夜の捜査会議でも、藤井から同様の報告がなされた。

＊

佐伯の指定したバーは銀座の並木通りを一本横に入ったところにあった。

外見の地味な縦に細長い五階建てのビルの横についた狭い階段を降りて左手の扉を開けると、予想に反して広い空間が拡がっていた。黒を基調に、艶消しのゴールドとシルバーで、モダンながら蒔絵の和柄を連想させる装飾が配置されたインテリアで纏められていた。

西田がカウンターの奥の席の皮張りのスツールに腰掛けている佐伯をみとめると、佐伯も片手を挙げて合図をした。

西田がバーテンにトリプルキャスクのマッカランのストレートを注文しつつ、佐伯の隣のスツールに腰を下ろすのを待って、佐伯が訊いてきた。

「何だい？　君が会いたいとは珍しいな」

「うむ。一杯呑んでからでいいか？」

「ああ」


一杯目を呑み終わり、バーテンがそれぞれの前に二杯目を置いたところで、西田が話し始めた。

「山村さんが亡くなったな」

「ああ」

「心当たりはないか？」

「何のだ？」

「もちろん亡くなった原因についてだ」

「なんで私が？」

「山村さんは佐伯さんの直属の上司だったろう？」

「ああ。それで？　戦争に行った者なら、皆上下関係があるだろう」

「山村さんがあの本を読んだとしたら、真っ先に連絡するのは佐伯さんじゃないかと思って」

「あの本？　柏原とかいう男の書いた戸山の人骨と七三一部隊に関する本か？　どうして山村さんが私に連絡するんだ？」

「山村さんのあの頃の記憶を最も共有しているのは佐伯さんでしょう？」

「いや、山村さんとは会ってはいないし、連絡ももらっていない」

「何か言いにくいことでもあるんですか？」

「しつこい。何もない」

突然のびっくりするようなきつい物言いだった。佐伯のその剣幕が、かえって西田の推理の正しさを証明していた。

「そうですか。では、私もそのつもりでいます」

（そのつもり？　どんなつもりだ）と西田は自分で言ってからその言葉の意味を反芻した。

一時間程バーで過ごしてから、西田が帰ろうとスツールから腰を上げた時、佐伯がその背中に向かって声をかけた。

「余計なことは言わないことだ。考えてもいけない」

西田は返事をせず、バーを後にした。

中央署に設けられた捜査本部では、佐伯について行なわれた情報収集と行動確認の結果について検討されていた。

本部では佐伯犯行説が大勢をしめていたが、いかんせん犯行時の目撃情報はいまだなく、犯行が可能だという程度の状況証拠しかなかった。行動確認からも犯行に結びつくような行動は認められなかった。

＊

藤井は捜査会議に一課長の姿がないことに気が付き、不審に思いながらも、捜査状況を説明した。

「都バスの中央区を管轄する部署に問い合わせたところ、四月十二日の夜八時過ぎ、数寄屋橋のバス停から晴海埠頭方面へ向かう都バスに乗り込んできて、勝鬨橋南詰で降りた身なりの良い老紳士がいたことを記憶している運転手がいました。この老人は、普段バスに乗りつけないのか、料金箱に千円札を入れ、釣りはいらん、と横柄な態度だったので印象に残ったそうです。人相、風体から、どうもこの人物は佐伯幸次郎ではなかったかと思われます。佐伯の自宅は勝鬨にある高層マンションにあります」

捜査本部全体から「おお」という歓声ともざわめきともつかない声が上がった。

ちょうどそこへ、本庁に呼ばれていたという一課長が入ってきた。

「聞いてくれ。本件は千鳥ヶ淵の土手を散策中に足を滑らせて誤って濠へ転落、溺死した山村の事故死である、と結論づけられた。よって捜査本部はこれをもって解散する」

捜査本部内には先刻とは違う明らかなどよめきが起こった。藤井が手を挙げる。

「課長。どういうことですか。本件の捜査は、佐伯の犯行として見解がほぼ固まりつつあります。未必の故意だとしてもです。様々な状況証拠がそれを示唆しています。どうして捜査が中止なのですか?」

一課長は立てた右手の人差し指で天井を差しながら無表情に言った。

「上が決定した。我々の捜査すべき次元のものではない、ということだ」

「上からって……」

藤井はなおも食い下がろうとしたが、一課長に手で制された。

「藤井、後で俺のところへ来い。さあ、撤収だ」

藤井は唇を噛み、拳を握りしめた。


捜査本部の撤収が終わると藤井は一課長のもとを訪れた。

「どういうことですか? やっと、事件当夜、佐伯らしい人物が数寄屋橋のバス停から自宅のある勝鬨まで都バスに乗ったという、都バスの運転手による有力な目撃証言が得られました。なのに、どうして捜査が中止なんですか」

藤井は怒りで体が震えている。

「この問題は非常に微妙なんだ。これをつつけば大変なことになる。と上が判断した。日本だけじゃない、アメリカにも飛び火する」

「わかりません」

「山村さんの死を巡る事情を詮索すると、往年の七三一部隊の活動に行き当たる。今もこの問題は過去のことじゃないんだよ。いまだに生きた問題なんだ。生きて我々を取り巻くすべての問題に繋がるんだよ。製薬業界から医療問題、軍事問題を含む世界に関わる政治問題なんだとよ」

「アンタッチャブルということですか?」

「そうだな」

「納得できません」

「馬鹿野郎! 下っ端の刑事が納得できようができまいが、そんなことは屁のつっぱりにもならねえ」

「諦めろと?」

「諦めるもなにも、それが命令だ」

藤井は悔しさで涙さえこみあげてきた。宮仕えの悲哀。そう言ってしまうのは容易《たやす》いが、刑事としての矜持はどうなる。

一課長は怒りで震える藤井の肩に一瞬手を置き、そのまま部屋を出て行った。

17　藤井刑事の単独捜査

藤井は、だが諦めなかった。

もう一度西田に連絡をとり、休暇を取って一人で京都を訪ねた。

「どうしました？　新聞では山村さんの死亡は、不慮の事故だったというふうに報道されていましたが」

「先生はどう思われますか？　ただの事故だと思われますか？」

「さあ、私は……」

「先生、捜査は終わりました。正直に言えば、捜査はむしろ止められました。この件を深く追及するのはどうもタブーらしいのです。だから、私も警察官としてここにいるわけではありません。それでも、どうしても納得できない。真実が知りたいのです」

「そうですね、私も残念ながら事実を知っているわけではない。でも、私なりの考え、私見ということであればお話しできますが」

西田は、藤井の人間として当たり前の欲求と情熱を感じ、その正義感に応えて自分の考えを話してみようと思った。

「それでかまいません」

「私は、山村さんとはお会いしていない。柏原さんとお話ししただけだが、その時柏原さんに紹介した佐伯さんは、部隊にいた頃亡くなった山村さんの直属の部下でした。その山村さんが柏原さんの御本を読んで、昔の直接の部下だった佐伯さんに連絡を取ったとしてもなんの不思議もない。私は、山村さんと佐伯さんは会ったと思う」

それを聞いて藤井は、あたりに聞こえるのではないかと思うくらいの音をたてて生唾を飲み込んだ。

「山村さんと佐伯さんの間には、いったい何があったのでしょう」

「具体的な内容まではわかりません。ただ、佐伯さんを叩けば、戦後の日本とアメリカの歴史から、埋もれていたはずの埃が舞い上がるでしょう」

（またしても日本とアメリカだ）

藤井は黙って先を促した。

「第二次大戦後、世界は東西冷戦という、もう一つの戦闘状態を作り出した。アメリカはその戦いに絶対に負けるわけにはいかなかった。大戦後の世界を牛耳るために、あらゆる経済的手段と軍事的手段を講じる必要があった。そのために七三一部隊での実験データが必要だった。必要だったというよりは、むしろ、そのデータを絶対に東側に渡してはいけなかった。そのための七三一部隊員の大々的な免責だったのです。佐伯はその時、アメリカの製薬会社の研究員になりました。生物兵器になりうるウイルスの培養にノウハウを持っていたからです」

「ウイルスですか？」

「はい。この時代には、ウイルスという概念はまだ一般的ではなかった。一八九八年には、素焼きの細菌濾過器で濾過して細菌を取り除いた抽出液にもなお依然として感染性因子を含んでいることは示されていて、それがラテン語で毒液や粘液を意味するvirusという言葉で表現されたのが、ウイルスという概念の始まりです。電子顕微鏡で観察するためのウイルスの結晶化に成功したのは一九三五年のタバコモザイクウイルスが初めてなんです。ほとんど戦時中のことですよ。

その頃、七三一部隊においても人間に高熱や嘔吐、下痢を発症する細菌以外の感染性病原体の人体を使用した感染、継代実験が行なわれていた。もちろん極秘中の極秘だ。当時そのことを中心になって行なっていたのが佐伯だった。そしてその時の直属の上司が山村さんだった。佐伯は軍用機で頻繁にハルピン郊外の七三一部隊の施設のある平房と東京とを往復していた。東京の新宿戸山には旧陸軍軍医学校があった。そこの跡地の工事現場で発見された人為的に傷つけられた人骨の一部は、きっと佐伯とも関係がある、と山村さんは知っていただろうし、柏原さんもそれに気が付いた。柏原さんの著作は、佐伯と山村さんにとって、一種の地雷のようなものだったんじゃないのかな」

「佐伯さんと山村さんが柏原さんの著作に脅威を感じたとして、佐伯さんは山村さんを殺しますか？　殺したとしたら、その動機は何ですか？」

「それは事故みたいなものだったんじゃないかな。いくら人生の汚点とはいえ、半世紀も前のことだ。問題にしたのは山村さんのほうであって、柏原さんの本で描かれていたことは、佐伯にとっては痛くも痒くもないことだったんじゃないかな。佐伯だって、そんなことで今更人を殺そうなどと考えはしないだろう」

「会って話すうち何らかのもめごとが起こってしまった、あるいは単純に山村氏が誤って濠に転落してしまった、そういうことですか」

「そういうことだったと思います。佐伯は山村さんに何か詰め寄られるようなことがあって軽いもみ合いになり、山村さんが誤って足を滑らせた、というようなことはあったかもしれない。我々はもう体力も反射神経も鈍った老人ですから、そんなことは簡単に起こりうる。それにしてもそこで救助を呼ばないのは犯罪です。救助を呼んだからといって山村さんが助かったとは限らないが、助かる助からないは別にしても、通報はすべきだった」

「なるほど。お話はよくわかりました。ところで先生が山村さんの死に佐伯氏が関わっていると疑われる根拠はなんですか？」

「彼の人柄と歩んできた人生、そして会った時の印象です」

「最近会われたのですね？」

「はい。先日あなたの訪問を受けた後、どうにも気になり、連絡を取って東京で会いました」

「何かおっしゃっていましたか？」

「余計なことは言うな、考えるな、と言われましたよ」

「なるほど。口止めというには十分な台詞ですね」

「口止めしたわけではないと思いますよ。むしろ私の身を案じてくれたのだと思います。余計なことを言うと私に火の粉が降りかかることになるぞ、と。彼はあれくらいのスキャンダルではびくともしません。現に捜査は中止になったでしょう？」

「確かに」

「彼は世界的なウイルス戦略の立役者なのです。生物兵器だけじゃなくね。世の中にはワクチンが溢れかえっているでしょう？　風疹だ、麻疹だ、インフルエンザだ、肺炎だ。水疱や日本脳炎、果てはある種の癌予防まで謳《うた》っている。もちろん病気の予防に役立っているワクチンはあるが、それだけじゃない。ワクチンは巨額の利益を生み出す」

（どういうことだろう）

藤井は訝った。西田は続ける。

「もちろんウイルスそのものの脅威もある。エボラ出血熱、エイズウイルス、変異の多い鳥インフルエンザウイルス……。枚挙に暇がない。そして、それらは悲惨な兵器になり得るんだよ」

藤井は、話の全貌を摑むのに少し時間を要した。あまりに突拍子もない論理に思えた。

（現行の医療政策をどう捉えたらいいんだ）

その後一時間ほど、西田は柏原に話したように、ウイルスやワクチン、血液製剤をめぐる様々な問題を藤井に丁寧に説明した。

「ありがとうございました」

「どういたしまして、オフレコの話です。どうぞお気をつけてお帰りください」

「先生もお気をつけて」

藤井がそう言った時、西田はどことなく寂しそうに微笑んだ。

東京へ帰り、藤井は三度《みたび》柏原を訪ねた。山村元一溺死事件の経過と西田との会話について、報告するためであった。

柏原は快活に応対した。藤井の印象では、柏原はすべてを知っていたように思われた。

「そうですか。西田先生はそこまでおっしゃいましたか」

「何かを覚悟されているような感じでした」

「あの人は、満州ですべてを失っているのです。自身を生に執着させるものは何もない。プライベートなことだから、ここでは話しませんが」

「ええ。なんとなくわかります。あの穏やかな人柄の陰には大きな諦念がある。それと後悔、贖罪、絶望。そんな言葉が浮かびました」

「正《まさ》しくその通りですよ」

＊

西田は再び佐伯を呼び出した。

山村との「事の顚末」を聞き出すためだ。前回西田が佐伯と会った銀座のバーだった。まだ早い時間のため他に客はいなかった。


「性懲りもないやつだな。今度はなんだ？　あれほど考えるな、と言ったはずだぞ」

「俺はもういいんだ。死ぬ前に聞いておこうと思ってな。お前の本心を」

「本心？」

「どうして山村さんを殺したんだ？」

「おいおい、人聞きの悪い。俺は殺してなんかいない。勝手に落ちたんだ」

「山村さんが濠に落ちた時、貴様は傍にいたんだろう？　なぜ助けようとしなかった」

「老い先短い老いぼれだ。早く楽にしてやったと思うがな」

「何を言う。捜査は終わったかもしれん。だが事実は一つだ。お前を疑っている人間は刑事をはじめ大勢いる」

「それがどうした。どうせ誰も俺に手を出すことはできんさ」

「どうかな。いつか報いを受ける」

「何を言う。お前だって同じ穴の貉じゃないか」

「そうだ。だが、俺はそれを恥じている。貴様は全く意に介していない。むしろその悪魔の所業を自分の栄達に利用して恥じることがない。私は貴様とは違う」

「そうかな。ではひとつ教えてやろう。山村が死んだ訳を」

「望むところだ」

「山村はあの日、俺を責めた。七三一部隊でのことを石井の親父の命令に背いてべらべらとしゃべった、とな。それは誤解だ。あれは柏原とかいう男が勝手に書いた妄想だ。それから、山村は明子さんの死について言い出した。明子さんとお前がいい仲なのを羨んで、横恋慕した俺が終戦間際のどさくさに紛れて、明子さんを故意に脾脱疽に感染させたと言うんだ」

一瞬で西田の顔から血の気が失せた。

「そうなのか？」

西田の怯えたような驚愕の言葉を聞いて、佐伯の心にサディスティックな感情が湧いてきた。事実とは少し違うが、結果的に自分が明子を脾脱疽に感染させたということには違いがない。西田の心により大きなダメージを与えてやろうと、あえてその時の事情は説明しなかった。

「ああ、そうだ。そして、山村は、あろうことかそれをお前に話すと言ったんだ」

「なんと……」

「勝手にしろ、と言いその場を立ち去ろうとしたら、山村は俺に取りすがってきた。それを振り払ったら、脚を取られて濠へ落ちていった。俺はあたりに人がいないのを確かめてからその場を離れた。どうせ先は長くない。生きていたって碌なことはないだろう。いっそ幸せじゃないか」

「貴様！」

西田は思わず佐伯を殴りつけていた。

佐伯は座っていたスツールから転げ落ち床に倒れ込んだ。そして、床に倒れたまま言い放った。

「みんな同じだよ。お前も、俺も、山村も。やったことは消えやしない」

カウンターの中にいたバーテンが、突然のことに呆気にとられて思わずグラスを磨く手を止め、二人の成り行きを見つめていた。

しばらく憤然と佐伯を見下ろしながら立ち尽くしていた西田は、その場を離れた。このままここにいては、今度は自分が佐伯を殺してしまいそうだった。西田の頭の中には佐伯の「やったことは消えやしない」ということばが際限なく木霊《こだま》していた。

18　たった一人の野辺送り

京都へ帰ってからも西田は佐伯の言葉をずっと考え続けていた。

明子が脾脱疽に感染したのは、佐伯が故意にやったことだったただと？　そしてそれを知る山村が死ぬはめになった。山村と明子。自分の知らないところで、自分が原因で、二人も人が死んでいた。

自分にも遠因があるとすれば、山村の死の真相をこのままうやむやにしてしまっていいのだろうか。そもそも、我々が平房で行なった悪行が、知る人ぞ知るのまま、隠蔽されたままになっていることが過ちなのだ。

＊

数日後、西田はＤＩＹショップを訪れ、お盆に門口で焚く迎え火に使うような太さの木材を三十本、長さ30㎝ほどに切り揃えてもらい、他に小さな白木の箱と二枚の晒の布を買い求めた。

準備が整うと、西田は次の休日の前日、大学から帰宅する際に、大学の自室に保管していた明子の骨箱と胎児の標本瓶を手に取ると、それぞれを風呂敷に包んで大切に自宅に持ち帰った。

夜になってから、庭に小さな穴を掘り、その穴の中に、準備しておいた木片を井桁に組み、底の方にさらに細かくした木切れと、ＤＩＹでもらってきた大鋸屑《おがくず》を敷き詰めた。

翌早朝、浴室で標本瓶の中身を晒の一枚にあけてホルマリンを流し、残された胎児をそのまま晒にくるみ、庭に掘った穴の中に組んだ井桁の上に、胎児を載せ、穴の底の大鋸屑に火をつけた。大鋸屑の火は瞬く間に木切れに移り、井桁に組んだ木にもすぐに燃え移って勢いよく燃えた。

小さな胎児はあっという間にいくつかの小さな骨になった。

＊

次の週末、西田は東山の麓にある庵寺を訪ねた。

その寺の住職は数年来の西田の患者であり、友人でもあった。数年前、住職が西田のもとに入院した折、病気と治療について何度か話すうち、死生観で意気投合して以来の、西田にとっては数少ない友人の一人となっていた。

西田は、長年の日差しに晒されて茶色く変色した骨箱と、真新しい晒の白布で包んだ小さな白木の骨箱を携えていた。

茅葺の寺の門をくぐったところで、玄関先を竹箒で掃き清めている住職を認めると快活に声をかけた。

「やあ、ご無沙汰しています。お変わりはないようですね」

「おかげさまで、調子はすこぶるいいですよ」

「先日お電話でお願いした件で伺いました」

「ま、お上がりなさい」

住職は箒を片付けると、先に立って玄関前の石段をあがり、本堂へ入っていった。

住職は西田から二つの骨箱を受け取ると、須弥壇《しゅみだん》の前の台に安置し、須弥壇の脇の燭台に蝋燭を灯すと、焼香用の香炉に火のついた炭を置いて香を焚き、参拝者の席に座った西田の前に置いた。

そうして供養の準備が整うと、須弥壇の前に座り、振り向いて西田に一礼してから読経を始めた。

読経の途中で住職に促され、西田は焼香をして読経の間、静かに目を閉じていた。

読経と住職の説教が終わると、西田は深々と頭を下げ、礼を述べた。

「御住持、本日は本当にありがとうございました。ご面倒をおかけいたします」

「いやいや。先生は拙僧の命の大恩人ですから、わたしでお役に立てることがあるなら、何なりと仰ってください。」

「申し訳ない」

「お骨は間違いなくお預かりして、朝夕お勤めを上げさせていただきますよ」

本来埋葬には埋葬許可証がいる。西田の携えてきた胎児の骨には出生の届もなければ、当然死亡の届もない。標本のような存在で過ごさせるしかなかった胎児には埋葬許可証の申請のしようもない。明子も終戦のどさくさの中で死亡し、死亡届は出されていない。東京大空襲で戸籍簿さえ焼失してしまっているだろう。身内の申請がなければ戸籍の回復も難かしいはずだ。死亡届も申請のしようがないではないか。そのあたりの事情を話すと、住職は何も言わずに弔いと埋葬の労を買って出てくれた。法的に問題がないとは言い切れないだろうが、西田にはきちんと処理する時間がなかった。

住職の好意に甘えて、法要の後で永代供養の手続きと墓の手配までお願いした。

西田は終始にこやかであったが、その全身に隠しようもない寂寥感を漂わせていた。寺を去る寂しそうな背中の西田を、住職は静かに見送った。

＊

翌日、西田は柏原に連絡を取った
「柏原さん、申し訳ないが、知恵をお貸しいただけないだろうか。場合によっては力も貸していただくことになるかもしれない」

「聞かせてください」

「実は佐伯のことなんだが。山村さんが亡くなったのは佐伯のせいなんだ。実際に殺そうと思って手を下したわけではないけれど、もみ合いになって山村さんが足を滑らして濠に落ちたんだそうだ。そこまでは予想できたことだ。だが柏原さんにも関係のある事実がわかったんだ」

「何ですか?」

「お姉さんの明子さんに関することだ」

「それはどういう?」

「うむ。会って話したいのだが」

「わかりました」


仕事のある西田ではなく、悠々自適の身で時間に余裕のある紘一が京都へ出向くことになって、桂川沿いのこぢんまりした割烹で食事をすることになった。

「明子さんが終戦間際に脾脱疽に感染したことは前にお話ししましたね。実はあれは不注意による感染事故ではなく、佐伯が故意にやったことでした」

「そんな……。なぜですか？」

「私と明子さんのことに嫉妬したからだそうです。山村さんはそのことを知っていて、佐伯に会った時、私にそのことを話すと言ったそうなんです。そのことがもみ合いの直接の引き金になったということでした」

「では、佐伯が妙な気を起こさなければ、姉は生きて日本に帰ってこられた可能性が高かったということですか？」

「申し訳ないが、その通りです」

「なんということだ……」

「このまま山村さんの死を単なる事故として葬るのは、どう考えても腹の虫が収まらない。それでご相談したいと思ってご連絡を差し上げました」

「そうですね。なんとか考えないと」

「私に少し考えがあるのですが……。実は、先日藤井さんという刑事さんが私のところに訪ねてみえて、山村さんの死について私の考えをきかせてほしいと言われました。その時はまだ佐伯と話す前だったので確証はなかったのですが、私の個人的な見解、ということでお話ししました。ほぼ想像通りだったわけです。そのことを話して彼の協力を得る、ということは考えられないでしょうか」

「ああ、その刑事さんなら、先生とお会いした後、私のところにも来て、その話は聞いています。捜査が終了した事件を蒸し返すのはかなり大変でしょうね。彼は立場があまり上のほうではなさそうだった」

「そうですね。でも、その代わり正義感と仕事に対する責任感が強そうでした。組織に毒されていない、若者の力強さを感じました」

「確かにそうでしたね。話してみる価値はありそうです。捜査の終わった事件を蒸し返すのが大変なら、新しい事件を起こせばいい。言い逃れのできない状況で」

「私もそう思います」

19 遺言

二週間後、紘一は千鳥ヶ淵公園の戦没者墓苑に佐伯を呼び出した。

「今度は何だね？　僕はそうそう暇じゃないんだがね」

「不躾にお呼びたてして申し訳ありません。実は私、もう一冊本を出すことにしたのでそのご報告を、と思いまして」

「わざわざ私に報告することでもないだろう」

「いえね、あなたにもあながち無関係というわけでもないのですよ。

本の内容がね、七三一部隊の元幹部だった人たちが、戦後どんな人生を送ったか。終戦後帰国、または渡米し、大学や企業、研究機関で口を拭って、何食わぬ顔で七三一時代に行なった悪業の成果を元に業績を上げ、地位も名声も、富まで手に入れて、いまだにぬくぬくと生きていることを世に知らしめるべきだと思って書いた本です。

さらに、あなたは過日私と会った時に、姉明子の消息については知らない。それについては当時姉といい仲だった西田先生に訊けと言った。だが、真実は姉の死の直接の原因を作ったのはあなただったというじゃないですか。あなたの邪悪な行動がなければ、姉は無事に日本に帰ってきた。帰国して西田先生と所帯を持ち、幸せに暮らすことができたんだ」

紘一は話していて、悔しさと、悲しみのないまぜになった言いようのない憤りの感情が涙と共に湧き上がってきた。無意識に握りしめた両手がわなわなと震えていた。

「なんと馬鹿な。知らないほうが幸せだということもあるだろう。その結果どうなると思う。日本の医学会の権威は失墜し、国内外の製薬業界も多少なりとも打撃を受けることになるんだぞ」

「国内外の製薬業界ですか。主にアメリカの製薬会社の誤りではないですか？」

「含むところがあるなら、はっきり言ったらどうだ。西田が入知恵したか？」

「戦後命を繋ぐ術《すべ》がなくなった時、食い物と寝床をあてがってくれたのはアメリカのひもつきの施設だった。私はまるで野良犬のような存在だった。だが、お前らは犬以下ではないか？　勅命の名のもとに悪魔の所業を行なっただけではない。終戦に際し、己等の保身のために、部隊での悪業の記録一切合切を、それまでその所業の矛先であったアメリカに尻尾を振って売り渡した。口を拭って戦後のうのうと生き延びたばかりか、日の光の当たるところで名声まで手にしてきたお前らは、アメリカの犬ではないか。私がのら犬であるならば、お前らも私に言わせれば犬以下だがな。犬はいくらかでもひとの役に立つ。ひとを癒し、ひとを傷つけたりはしない。お前らは人類に対して害悪を為しているばかりだ。いつでも我が身の保身と栄耀栄華、栄達を望み、利権を貪るだけだ。断じて犬ほどにも尊い存在ではない」

それを聞いて佐伯は高笑いをした。

「まさに負け犬の遠吠えだな。まあ、今時本を読む人間も減り、歴史や政治に興味を持つ若者もあまりいなくなった。君の本などどうでもいい。だが、君がどんな本を書こうと、メディアに何を言おうと勝手だが、もう僕を煩わせないでくれ。僕の時間を無駄にしないでくれたまえ。この前の西田もそうだったが、今日もとんだ茶番だったよ」

そう言うと、佐伯は紘一に背を向けその場を立ち去ろうとした。

その時、立ち去ろうとした佐伯に、それまで離れて紘一と佐伯の様子をうかがっていた西田が近づき、用意していたカッターナイフで、背後から素早く佐伯の頸に切りつけた。正確に頸動脈を切り裂いたとみえ、まるで律動している噴水のように血液を吹き出させながら、佐伯は倒れ込んだ。

紘一が慌てて佐伯の頸部を手で圧迫し止血を試みたが、血液は紘一の手の指の間から、後から後から溢れ出し、佐伯の頭の下辺りから肩の下にかけてみるみる血溜まりを作っていった。やがて律動的な血液の流出は次第に勢いを失っていった。

あっという間の出来事で誰にも西田を止めることはできなかった。紘一が西田に向かって訊いた。

「西田さん、どうして？」

「こいつは捕まってもどうせすぐ無罪放免になる。我々が計画した殺人未遂の現行犯なんて、新聞ネタになる前に揉み消されてしまう。山村さんのことでわかっていたことだ」

「それはそうですが」

「明子の仇もとれた。ここまでやれば、否が応でも世間の耳目を集め、山村さんのことも明るみに出ることになるだろう。こうでもしなければ、明子も浮かばれないよ」

「最初からそのつもりだったんですね？」

西田は寂しそうに微笑んだ。

事態の急を感じて、少し離れた植え込みの陰に潜んでいた藤井刑事がこちらに向かって駆け寄ってくるのを認めると、西田は躊躇《ためら》わずに佐伯に切り付けたカッターナイフで自らの頸動脈も切った。

またしても止められなかった。

今度は必死で西田の頸を押さえる紘一に西田は言った。

「全部私の独断でやったことだ。君には関係ないよ。藤井君の将来も台無しにしたくない。警察の事情聴取では私一人を悪者にすればいい。その辺の作文は君に任せるよ。私はもう充分に生きた。迷惑をかける係累もいない。大学には少し迷惑をかけることになるが、先日、辞職願を出して受理されている。一つだけ君にお願いがあるんだが、是非ともきいてもらいたい。明子の骨と息子――明夫と名付け、骨にして供養した――それを、供養してもらった寺に預けてある。そこの住職がちょっとした知り合いでね。色々取り計らってくれたんだが、墓までは間に合わなかった。永代供養の手続きもしておいたから墓ができたら、そこに私も一緒に納めてくれないか。明子と明夫と私と三人。弟で叔父の君が花と線香を手向けてくれたら、明子も明夫も喜ぶだろう。厚かましい願いだが、他に頼める者がいなくてね。寺と墓の場所はここにある」

虫の息になりながらも紘一にそう伝えると、上着のポケットから寺の名前と住所、墓の位置を記した紙を出し、紘一に渡した。首からは真っ赤な血液がどくどくと溢れ出している。最期の苦しい息の下から、西田が笑いかけるような表情で言った。

「メスならもっとうまくできたんだが、佐伯を殺すために外科医の魂であるメスを穢《けが》すわけにはいかないんでね。こんなもんを使ったよ」

西田は右手に持った、木工細工に使うようなやや大きめのカッターナイフを紘一に見せた。

「腕は確かだろう？　何せ元七三一部隊員だからな。切り刻むのはお手のものだよ」

西田は自嘲的にそう言った後、微かにほほ笑んだ。

「これでやっと明子のところへ行ける……」

そう言うと西田は息を引きとった。

救急車が到着する頃には、佐伯も西田も鼓動はとっくに止まっており、目にはもはや生気が宿っていなかった。

＊

二週間前。

紘一と藤井は、銀座みゆき通りに面した喫茶店で待ち合わせた。

紘一が歴史を感じさせる古い木製の重厚なドアを開けた途端、コーヒーの良い香りが漂ってきた。奥のボックス席に見覚えのある青年が半ば腰を浮かせて、こちらに挨拶した。

「わざわざご足労いただきまして」

紘一が頭を下げながらボックス席まで進むと、藤井も改めて腰を上げ、挨拶した。

「今日は山村さんの事故死に関してということでしたが？」

「ええ。京都の西田先生とも話したのですが、やはり山村さんの死は事故ではありえないだろう、と。西田先生は疑問を確かめるために佐伯に会いました」

「それで？」

「佐伯は山村さんとちょっとした言い争いになったそうです。故意に突き落としたりはしませんでしたが、佐伯にとりすがる山村さんを振りほどこうとしたところ、山村さんが誤って足を滑らせ、濠に落ちたそうです」

「やっぱりそうでしたか。それなら、すぐ助け上げようとすれば山村さんは亡くならずにすんだかもしれない」

「その通りです。彼は辺りに人がいないのを確かめると、濠に落ちた山村さんを助けようとはせずに、そのままその場を立ち去っています。通報すらしていません。助ける気がなかったのです。むしろ死んでくれたほうが都合がよいと思っていた」

「何という……」

「許せません。彼に償いをさせる手伝いをしていただけませんか？」

「その件に関しては上から捜査終了の厳しいお達しがありました。僕の力では、どうにもなりません」

「ええ、わかります。あの件については無理でしょう。でも新たな事案についてはどうです？」

「新たな事案？」

「ええ。彼は、叩けば埃の出る人間です。でもけっして尻尾はつかませない。それに、たとえ尻尾を摑まれたとしても彼は蜥蜴が摑まれた尻尾を落として遁走するように逃げ切ることができる。だから、誰もが否定のしようのないことで彼を捕まえるのです」

「どうやって」

「私の本が利用できるかもしれません」

そこで紘一は自分が西田と練った計画を藤井に話した。

「僕が佐伯を千鳥ヶ淵公園へ呼び出します。そこで佐伯に七三一部隊元幹部のその後と現在の調査結果を暴露する本を出す、とわざと挑発するようなことを言います。彼の立場としても、あまり望ましい内容ではないでしょう。一度殺人を犯した者は殺人に対するハードルが低くなっているはずです。なにせ、元七三一部隊の軍医でもある。山村さんの時と同じような状況をつくれば、きっとまた同じようなことをしでかす」

「僕はどうすれば？」

「佐伯との面会の日時が決まったらご連絡します。その場で隠れて待機していていただけませんか？　彼が凶行に及んだところで出てきて彼を捕まえてください」

「あなたが危険ではありませんか？」

「大丈夫ですよ。なんといっても彼はもう老人です。私のほうが一回り以上も若い。彼より年上だった山村さんとは違いますよ。しかも山村さんの時のような不意打ちではない。こちらの準備のほうが万端です」

「わかりました。では、ご連絡をお待ちしています」

しかしこの計画は半ば達成されなかった。だが、ある意味、当初の計画以上の成果を得ることにはなった。

＊

紘一は警察で事情を訊かれることになったが、西田の遺言に従って、凶行はあくまで元同僚の山村医師を佐伯に殺されたことに対する西田の個人的な怨恨による行動であり、紘一は、山村氏の事件について佐伯氏に自首を迫る目的で会うという西田氏に付き添う形で同席したに過ぎず、共犯関係にはなかったと説明した。

さらに、警察官である藤井刑事が、たまたま事件に遭遇――この日のために、あらかじめ休みを取って非番にしていた――、事の顛末を目撃、西田氏と佐伯氏が言い争うような感じでしばらく話したあと、立ち去ろうとした佐伯氏を西田氏が追いかけ、背後から切りつけた、と証言したことは、紘一の証言をおおいに裏付ける結果となった。表向きは、紘一にも、藤井にも共謀の嫌疑がかけられることはなかった。

この事件によって、図らずも、というべきか、当初の目的通りというべきか、山村氏の死亡が当初判断された事故死ではなく殺人事件、もしくは未必の故意による殺人事件であった。このことは西田が凶行に及ぶ数週間前に佐伯と面会した際、佐伯が自身の口から西田に真相を語っていた、という紘一の証言で明らかとなった。その際、面会場所となった銀座のバーのバーテンダーの、二人の間に暴力の絡む諍《いさか》いがあった、という証言が、西田には佐伯に対し殺意を抱くほどの怨恨があったということの傍証になった。

藤井の、山村事件に対する執念の捜査や、その捜査を打ち切られたことに対する憤りなど、深く事情を知っている鈴木一課長が、紘一と藤井の話を１００％信じたかどうかはわからない。むしろ、山村事件に関わった四人が全て佐伯殺害の現場に居合わせた、という偶然にしてはできすぎた状況に不審の念を抱いたはずだ。おそらく真相にも気づいているだろう。それでも、一課長は警察官だった。警察官の性《さが》として事件の解明こそを本分としている現場の警察官なのだ。上から止められた捜査がひっくり返るなら、そして、真実が白日の下に晒されるなら、それこそが求められるべきことであって、その間の事情など些末なことだ、と考える警察官だったということだ。

明子に関することは、紘一以外には知る者もいないまま捜査は終了し、事件は解決した。明子と西田のプライベートまで世間に晒すことはない。

こうして西田の遺志は、尊重された。

山村氏死亡事件の全貌が世に明らかとなり、京都にある大学の医学部元教授の、軍医時代の元同僚に対する殺人事件は、死亡した三人がすべて元七三一部隊の軍医だったことや、紘一の本の内容とも相俟《あいま》って、さまざまな憶測と興味本位のデマゴーグを生み、しばらく週刊誌やテレビのワイドショーを賑わせたが、やがて、事件に対する世間の興味は、それぞれの日常の営みに紛れて失われていった。

エピローグ

西田が選んだ寺は、京都の東山に近い、観光コースからは外れた、なかなか味わい深い庵寺だった。

西田の人柄に相応しく小ぢんまりとした、真新しい黒御影石の墓石には、西田明子、明夫という命日の同じ二人の名前と、西田自身の三人の名前が刻んであった。

三人分のお骨を納め、住職に読経してもらった。

住職は西田の死を惜しんだ。何かしらの予感があったらしく、明子たちのお骨の供養に訪れた西田には、寂しさというより、諦念のような心の平安が感じられたと話していた。西田が起こした事件も承知しており、そのことで西田という人間に対する評価を変えることも、紘一に対し悪感情を示すこともなかった。

「西田先生ご自身の名前も墓石に彫られるとうかがった時、もしや、とは思ったのですが、新たに墓を作る時に、前もって自分の名前を刻んでおく方もおありなので、将来の準備のために御自分の名前も彫られるのだろう、と自分を納得させていました。聞いてはいけない御事情がおありなのだ、と語られずとも拝察できました」

「いろいろお気遣いありがとうございます。ここにある明子とは、私の生き別れになっていた姉で、長いこと消息が不明でした。数年前、西田先生にお会いすることがあって初めて、終戦間際に姉が亡くなっていたこと、姉は生前、西田先生と親しくさせていただいており、この世に生は受けられなかったものの、子までなしていた、ということを知りました。家族三人、ここで一緒に葬られて、御住職様に見守っていただけることになり、西田先生も姉も明夫もさぞ喜んでいることと思います。心から感謝いたします」

「いやいや、拙僧など、何ほどのこともして差し上げられませんが、お勤めだけは毎日欠かさずお上げいたしますのでご安心ください。西田先生は私の命の恩人なのですよ」

住職が去った後、しばらく墓の前に留《とど》まり、これまでのことを思い出して墓の下にいる家族たちに語りかけていると、初めて西田に会った日のように、どこかの寺の梵鐘の音《ね》が響いてきた。

（西田先生、私は先生のお気持ちを察することができず、みすみす先生を死なせてしまいました。申し訳なかった。……いや、嘘だ。私は心のどこかでは先生のお考えに気づいていた。そうしなければ佐伯に思い知らせることはできなかったし、何より姉を殺された恨みを晴らせないこともわかっていた。だから私は、先生のお考えに気づかない振りをして、先生の描いたシナリオに沿って、先生の望む通りに役を演じた。それは私の望みでもあったから。そして先生一人に全部背負わせてしまった。それは間違いだったかもしれない。そう思う一方で、先生は喜んでくれているのではないか、とも思う。先生の、数十年に及ぶ、最愛の女性《ひと》と我が子を失った悲しみ、苦しみ、何よりそれが自分のせいだという自責の念からやっと解放されたのだから。ねえ先生、先生は姉さんと明夫とそこに一緒にいられて幸せですよね? そこはどんなところですか? 私がそちらへ行くのも、そんなに遠いことではありません。そっちへ行ったら、また親しくお話ししていただけますか? 姉にも紹介してもらわないといけませんね。何しろ姉とは、私が洟垂《はなた》れ小僧の時分に別れたきりですから、数十年ぶりにこんな爺さんが突然現れても、どこの誰だかわからないでしょう)

梵鐘の、魂に響き渡るような音色に身をゆだねていると、この世の一切のことが夢のように思われた。

あとがき

戦争とは腐った腸《はらわた》のように悍《おぞ》ましい。

辺りに腐臭をまき散らし、その腐臭にあてられて、人間は、戦争の渦中にいるときには、人としての心を失う。

戦争が終わった後でも、時間が経てば経つほど腐敗は進み、その悪臭は強度を増し、関わったものに染み付いて拭っても拭っても消えることはない。

戦争で犠牲になるのは、いつでも市井の人々。兵となった夫や父、兄、弟。罪のない女、子供、老父母。貴重な自然や文化遺産。

戦争は決して国や民衆のために始められるものではない。政商や武器商人、一部の富裕層だけが儲かるためだけに、民衆の命を犠牲にして行なわれる最も野蛮で残虐な商業行為だ。人間は、なんと不毛なことを繰り返すのだろう。

いまこそ戦争を直視しなければならない。

＊

私がこの小説を書こうと思ったのは、今から三十年以上も前、一九八九年七月二十二日、新宿戸山の旧日本陸軍軍医学校跡地に建つ国立衛生研究所の建て替え工事に伴って、その工事現場から複数体の白骨遺体が発見された、というニュースを目にした時です。それは、昭和が終わり、平成という時代が始まった年でした。

古代から現代に至るまで、闇に葬られたような歴史について書かれた本を読むのが好きだった私は、戦後の混乱期に起こったいくつかの不審な社会的事件、例えば、下山事件、帝銀事件、三鷹事件など、いわゆる日本の黒い霧といわれる事件を、社会派ミステリーのパイオニアであり巨匠とされる作家が検証して著したものや、狭山裁判を題材に冤罪について弁護士が書き下ろしたものなどを興味深く読んでいました。

また関東軍第七三一部隊や細菌兵器についての、その研究者として名高い大学教授の手になる詳細を調べた著作や、他の著者のいくつかのドキュメントや小説を読んでいた私は、陸軍軍医学校跡地から複数の白骨遺体が発見された、という報に触れた時、真っ先に七三一部隊の活動のことが頭に浮かび、新宿戸山の白骨の出所はそれしかないだろう、と考えました。

当時の私には、ことの真相を知りたい、真相を暴ける立場の人にきちんと調査してもらいたい、という思いがある一方、世間に広く事実や自分の考えを知ってもらいたい、七三一部隊の存在すら知らない人が多いと思われる世代に、どうにかして先の大戦の愚かしさを伝えたい、そういう思いが強くありました。

そのために、小説という形のフィクションにして、自分の考えや仮説、推論を述べられないだろうか、と考えたのです。

早速、ハルピンでの七三一部隊について資料を集めて読み込んだり、新宿戸山の人骨についてさらに調べたりしました。しかし、執筆はうまくいきませんでした。当時の軍隊の実態や世相など、生半《なまなか》な知識では筆もあまり進まず、知らないうちに四半世紀もの時間が経過していました。

あるとき、戦前、戦中から書くのではなく、戦後の一人の戦争孤児を通して七三一部隊を描く、という方法を思いつきました。十年近く前、ネットで見つけた元隊員の方の貴重なインタビュー記録に触発されたこともあり、筆は少しずつ進んでいきました。

そういうわけで、この小説に描かれたことの多くは、私の頭の中で生み出された虚構、創作ではありますが、その根底には事実に基づいた真実が通底しています。


この小説を完成させるべく執筆していたのは、平成の終わりの数年間のことです。ちょうど世の中は改憲だとか、軍備増強だとか、自衛隊を軍隊とするとか、「間の抜けた防空訓練」付きのジェイアラートだとか、国の中枢を担う者たちの好戦的な言動が目立った時期です。

仮想敵国の想定のもと、いたずらに煽られた「国難」とそれに対する軍備の必要性を喧伝する風潮が蔓延する様をみて、戦争の悲惨さについて語らなければならないと思いました。

戦争の真の姿——ただただ醜悪で、おぞましく、残酷で野蛮な、愚かしい実態——の万分の一でも著したい、と何かに急かされるように原稿を完成させました。

原稿の一応の完成をみてから一カ月半ほどして、中国武漢で新型コロナウイルスによる肺炎が発生したという中国当局からの正式な発表があり（実際の肺炎の初発はその発表のさらに一カ月ほど前のようでした）、瞬く間に感染は拡大して全世界を席捲、パンデミックの様相を呈しています。

中国武漢にはレベル4までの危険な細菌やウイルスを扱う研究施設があり、この小説の中で細菌やウイルスなどの生物兵器の開発とその感染源の漏洩の危険に触れた箇所がありますが、そのことを彷彿とさせる事態でした。

細菌兵器であれ、化学兵器であれ、原子力発電であれ、何事もヒトが扱うもの、行なうことに絶対はありません。事故や不測の事態は現実に起こりうるのです。そして、一旦ことが起これば、それは人間の手では制御不能なのです。東日本大震災の時の東京電力福島第一原子力発電所の事故から九年後の、いまだに解決策のない状態を見れば明らかです。そのことを心に銘記しなくてはならないと思います。

最後に、この感染症の災禍が速やかに収束されることを願ってやみません。

二〇二〇年十月

福原加壽子

参考文献

「戸山人骨の鑑定報告書」鑑定人　佐倉朔　札幌学院大学教授　平成四年（一九九二年）三月三十日
『消えた細菌戦部隊』常石敬一著　筑摩書房　一九九三年六月二十四日　第一刷発行
『七三一部隊―生物兵器犯罪の真実―』常石敬一著　講談社　一九九五年七月二十日　第一刷発行
『証言　七三一石井部隊―今、初めて明かす女子隊員の記録』郡司陽子著　徳間書店　一九八二年八月一日　第一刷発行
『証言・七三一部隊の真相―生体実験の全貌と戦後謀略の軌跡―』ハル・ゴールド著　濱田徹訳　廣済堂出版　一九九七年七月一日　第一刷発行
『消せない記憶―湯浅軍医生体解剖の記録―』吉開那津子著　日中出版　一九八一年七月三十一日　第一刷発行
『証言　人体実験―七三一部隊とその周辺―』編訳者　江田憲治　兒嶋俊郎　松村高夫　中島朝彦　同文館出版株式会社　平成三年（一九九一年）九月三十日　初版発行
『骨は告発する―佐倉鑑定を読む―』常石敬一著　軍医学校跡地で発見された人骨問題を究明する会　一九九二年六月一四日　発行
『日本医学アカデミズムと七三一部隊』常石敬一著　軍医学校跡地で発見された人骨問題を究明する会　一九九三年九月二十五　新装第一刷発行

『国に問われる責任―償いか、救いか―』軍医学校跡地で発見された人骨問題を究明する会編　同会発行
二〇〇九年七月二十二日　初版第一刷発行
「七三一部隊元隊員証言記録」質問者　山本真（大分協和病院医師　当時）回答者　森下清人（元七三一部隊少年隊2期生）一九九一年九月に大分協和病院において行われたインタビューの記録　www3.coara.or.jp>memory731
『夫を、父を、同胞をかえせ!!―「満州第七三一部隊」に消された人々―』軍医学校跡地で発見された人骨問題を究明する会編　同会発行　一九九一年八月十五日初版第一刷発行
『悪魔の飽食―日本細菌戦部隊の恐怖の実像―』森村誠一著　角川書店　昭和五十八年（一九八三年）六月十日
初版発行
『731―石井四郎と細菌戦部隊の闇を暴く―』青木冨貴子著　新潮社　平成二十年（二〇〇八年）二月一日
第一刷発行

[著者紹介]
福原加壽子（ふくはら・かずこ）
1957年3月6日生まれ。青森県立弘前高等学校卒、獨協医科大学医学部医学科卒、弘前大学大学院医学研究科修了。医学博士（内科専門医、消化器内視鏡専門医）。五所川原市在住の内科勤務医（つがる市民診療所）。
医師としての活動と並行して、創作活動を続けている。福原加壽子名で第26回「ゆきのまち幻想文学賞」佳作、ものの　おまち名で第29回「ゆきのまち幻想文学賞」入選。著書に『Death by hanging—私刑—』（ものの　おまち著　文芸社）がある。

ブックデザイン………佐々木正見
DTP制作………勝澤節子
編集協力………田中はるか

骨の記憶　七三一殺人事件
虚妄の栄光とウイルス兵器

発行日✤2020年11月30日　初版第1刷

著者
福原加壽子
発行者
杉山尚次
発行所
株式会社言視舎
東京都千代田区富士見2-2-2 〒102-0071
電話 03-3234-5997　FAX 03-3234-5957
https://www.s-pn.jp/
印刷・製本
㈱厚徳社

ISBN978-4-86565-190-4 C0036